LA MENDIANTE DE SHIGATZE

COÉDITION ACTES SUD – LABOR – L'AIRE
Editorial : Sabine Wespieser

Edition préparée avec le concours
de Bernadette Rouis

Titre original :
Liangchu nide Shitai (Huo kong kong dang dang)

Nuren Lan (La Femme en bleu) ; Duomula Hu de Weixiao (Le Sourire du lac du col de Dolm) ; Jin Ta (Le Chörten d'or) ; Guang dun ba chi xiao du (La Mendiante de Shigatze ou le Charençon) ; Guan Ding (L'Ultime Aspersion).

ISBN 2-7427-0039-0

Illustration de couverture :
Photographie d'Eric Valli
Jeune fille tibétaine (détail)

MA JIAN

LA MENDIANTE DE SHIGATZE

récits traduits du chinois
par Isabelle Bijon

Présentation de Marc de Gouvenain

BABEL

PRÉSENTATION
DE
MARC DE GOUVENAIN

UN CHINOIS AU TIBET

Les relations de voyage, lorsqu'elles ne se présentent ni sous le masque de la fiction romanesque permettant les échappatoires, ni sous les habits trompeurs d'une "vérité" scientifique ou du reportage journalistique, sont de cette catégorie de textes qui peuvent aisément soulever la critique. La franchise dans la transcription des impressions ressenties, le regard subjectif porté par un individu sur les autres, en sont évidemment les causes principales. Qu'on ajoute à cela les lectures, elles aussi partiales, qui ont précédé et façonné une image, mythifiée parfois, ou la conviction, très légitime, que le lecteur qui a pu faire le même voyage a d'être le seul à avoir "compris", et tous les ingrédients de la contestation se trouvent réunis.

La contestation, les récits de Ma Jian l'ont soulevée en Chine, et lors de leur première parution en Occident. En Chine, la revue dans laquelle ils furent publiés s'est vue frappée d'interdiction, pour une raison que l'on ne connaîtra probablement jamais, mais qu'on pourrait supposer être la suivante : Ma Jian décrit de manière jugée peu flatteuse un peuple – les Tibétains – qui, au dire des autorités, ne devrait en rien différer des autres nationalités composant la République. Mais qu'on lise ces nouvelles sans parti pris, qu'on en accepte l'émouvante franchise, ou que l'on voyage soi-même dans les mêmes lieux et conditions, puisque irréfutablement ils sont authentiques, et l'on imaginera vite un motif plus important d'interdire. Les censeurs sont haïssables, mais subtils. Ce motif, selon moi essentiel, est le suivant : ce jeune Chinois, parfois bouleversé, choqué par ses rencontres, en revient fasciné par les êtres. Son expérience immédiate l'entraîne progressivement sur la pente du sacré, sur la voie de la reconnaissance de l'identité d'un peuple, direction que les censeurs ne peuvent qu'estimer dangereuse.

Comme de nombreux Chinois en poste au Tibet, ou comme ces simples émigrants installés à Lhassa ou à Shigatze, de qui les autorités ne devraient rien craindre – ne fût-ce que parce qu'un milliard d'individus hans pèse inévitablement plus lourd que deux ou trois millions de "minorités nationales" –, Ma Jian très rapidement s'étonne d'un mode de vie auquel rien de son éducation uniformisante, athée, ne l'avait préparé ; il l'absorbe puis, en le retranscrivant, il le démultiplie, et ainsi devient en Chine porte-parole de gens qu'on réduisait au silence. Pour étayer cette argumentation, on peut mentionner un film chinois montré récemment en France : *le Voleur de chevaux* de Tian Zhuang Zhuang, où l'on retrouve cette même fascination pour un Tibet populaire, filmé à notre époque, mais que la censure – oubliant les scènes où vêtements et armes réfutent l'antidate – a choisi non pas d'interdire mais de dater des années trente.

Les Occidentaux, cela va de soi, n'ont pas lu du même œil les nouvelles de Ma Jian. Un Chinois ! Au Tibet ! Comment peut-on accorder la parole au ressortissant d'un pays tortionnaire ! Et certains de crier leur veto, sans hésiter, sans lecture objective, sans assez de références, sans analyse de longs siècles d'histoire et de relations internationales Chine/Tibet/Mongolie plus complexes que les simplifications hâtives ânonnées dans des monastères tibétains façon occidentale, où l'eau chaude, l'électricité, la viande cuite et assaisonnée, les lamas occidentaux, n'ont rien à voir avec le monde tibétain des plateaux himalayens. Ce jeune Chinois, donc, qu'on ne doit pas forcément assimiler à ses gouvernants et à leur politique, visite le Tibet, et nous nous devons de le lire, sans préjugés. Pierre Loti, en Chine, dormait bien dans une chambre princière vidée de ses habitants à coups de crosse et nous a donné, ce faisant, un des plus beaux récits de voyage qui soient. Et Camus en Algérie, Gide en Afrique noire – que ces territoires fussent colonies françaises ne leur a pas barré l'accès aux lecteurs.

Le Tibet, terre mythique pendant des décennies, voire des siècles, est de ces contrées à tel point façonnées par le rêve que certains se plaisent à les regarder avec des œillères, par peur de la déception, par soin jaloux d'une image qui convient à leurs propres fantasmes et se soucie peu de réalité. Pour ce qui concerne le Tibet, ceux qui vivaient dans l'imagerie surannée d'un peuple mystique vêtu de toges cinabre immaculées ou d'épaisses houppelandes de peau sans odeur (oubliant trop facilement que nombre de voyageurs, tels le révérend père Huc, Alexandra David Neel, Younghusband, Harrer, l'avaient parfois décrit sous un jour peu flatteur et moins aseptisé, tout proche de celui de Ma Jian), ceux-là sont déçus de voir à Lhassa – alors pourtant qu'ils logent à l'Holiday Inn – un festival rock mêlant guitaristes chinois, batteur tibétain et chanteurs occidentaux ; d'apprendre que la Chine autorise les Tibétains exilés au Népal à vendre au Tibet des copies d'artisanat ancien estampillées originales dans force échoppes de l'Ouest ; ou de rencontrer sur la piste imaginée céleste des pèlerins punks allemands ou anglo-saxons puisque Lhassa remplaça, à la fin des années quatre-vingt, le Kathmandou des chemins d'antan. Mais pourquoi être déçus ? Réclamer qu'un lieu soit conforme à l'image des rêves, voilà bien la plus grande pauvreté d'esprit d'un voyageur. Voir le Tibet reste un fantastique voyage, j'en témoigne pour l'avoir parcouru durant des mois, au fil de plusieurs années successives et dans des contextes politiques variés. Les nomades éleveurs de yaks, s'ils utilisent dorénavant volontiers des briquets made in Hong-Kong pour allumer leurs feux de bouse, sont de ces gens que le matériel n'est pas près d'influencer et qui savent ne pas modifier leur comportement dans des espaces où ciel et montagne s'amusent à troubler l'âme. Les jeunes Tibétains chauffeurs de camions, ou fonctionnaires de santé, athées mais fidèles à leur religion par devoir d'identité et qui travaillent pour une autonomie renforcée d'un Tibet laïc, les artisans tibétains qui reconstruisent un monastère et plaisantent sur les sexes de glaise qu'ils façonnent sous les étoffes couvrant les divinités restaurées, tous ceux-là sont pour moi plus vrais, plus humains, plus pieux même, que leurs porte-paroles expatriés.

Ma Jian nous offre ici la possibilité d'entendre la voix d'un voyageur inhabituel, issu d'une civilisation qui n'est pas la nôtre, modelé par un contexte socio-politique auquel il ne peut échapper – de même que nous n'échappons pas au nôtre –, bref, un jeune Chinois, volontiers marginal et provocateur comme ceux de sa génération qui souffrit à Tien An Men, et qui ne prétend jamais écrire un guide ni même un reportage, mais se laisse emporter par la sensualité et l'enthousiasme ressentis au fil de ses errances. Ecoutons-le, lisons-le, sans l'interrompre. Le peuple dont il nous parle vit depuis des siècles dans un concret brutal, terrifiant, pire que celui de nos déifications grandioses, pire même que celui d'événements politiques terribles mais, de par leur nature humaine, passagers. Cela ne signifiant évidemment pas que l'on doive oublier les massacres de Tibétains dans les années soixante, les ravages dus à l'extension de la Révolution culturelle dans ce pays qui s'en serait passé, ou la répression actuelle des velléités indépendantistes – actes qui doivent rester des crimes, tout comme d'avoir massacré nombre d'Asiatiques et d'Africains devrait rester un crime sur la conscience des ex-colonisateurs occidentaux. Mais, au-delà du facteur humain, le quotidien éprouvant, épouvantable, des Tibétains, c'est celui de la violence des lieux de montagne, d'un climat d'une dureté extrême, d'une vie d'expiation, de mortification permanente. Rien d'étonnant donc si ce peuple livre ses morts aux vautours – de toute façon la terre est gelée, le bois d'incinération totalement absent et l'eau doit rester pure ; et notons que l'Occident a vite fait de crier à l'horreur tout en se repaissant des images volées dans ces lieux de discrétion, images qui ont déjà fait les belles pages d'au moins deux revues pour grand public avide de frayeurs. Rien d'étonnant non plus si ce peuple se nourrit en cas de nécessité vitale du sang des bêtes à leur jugulaire, et boit l'orge fermenté à s'en faire éclater la tête. Et décrire ces montagnards aux mœurs rudes ne signifie pas les mépriser, bien au contraire, cela leur permet d'exister, d'être vus, entendus, cela leur permettra peut-être de survivre plus que les discours d'adeptes factices et étrangers d'une foi qui les opprima, les négligea et les méconnaît encore. L'établissement, à un carrefour important de Lhassa, il y a trois ans, d'une statue représentant deux superbes yaks, ou une exposition de tableaux, toujours à Lhassa, de scènes paysannes et montagnardes, événements sous-tendus par des actions tibétaines, acceptées par la Chine dans le cadre de l'autonomie de la province, sont des événements à mon sens plus importants – je ne dis pas miraculeux ou décisifs – que des déclarations d'intentions aux conférences internationales ; parce que rendre un peuple, sur place, fier d'une identité jusque-là éteinte, fût-ce au travers d'images vaguement stéréotypées, ne peut que lui permettre de continuer à exister quand jusque-là il s'évanouissait en silence.

Plus plaisant que les considérations politiques inévitables quand il est question de ce sujet, reste cependant pour moi le simple récit, cette suite de nouvelles qui commence par la plus concrète : le voyageur s'arrête dans un village facilement identifiable, puis dérive au fil des nouvelles suivantes vers un extraordinaire aussi bariolé que sensuel. Processus qui me semble convenir parfaitement au Tibet où, après le choc concret des premières impressions, on se sent irrésistiblement attiré – à cause peut-être, diront les matérialistes, des habituels maux de crâne dus à l'altitude, des effets de luminosité, de l'immensité des cieux – vers une réflexion sur la petitesse de l'individu et l'infini du monde, vers une déification des lieux, une vision des choses et des hommes comme si on avait traversé un miroir. Notons cependant que ce type de vision n'est pas uniquement celui des étrangers : un jeune auteur tibétain, Zhaxi Dawa, écrit lui aussi des récits courts dans lesquels la réalité, rues et faubourgs de Lhassa, se transforme imperceptiblement en rêve, en surréalité, et plonge le lecteur dans la cosmogonie locale. Ma Jian le Chinois accède, lui, à cette "possibilité visionnaire" du fait de sa situation inconfortable de voyageur dormant à la dure, bouleversé par son contact avec un peuple fort. En état de réceptivité parfaite, il n'en demeure pas moins un artiste : photographe – c'est ainsi qu'il se présente dans ses récits –, écrivain bien sûr. Il n'est pas inutile de le rappeler quand on voit avec quel art il maîtrise l'écriture et fait de chacune de ses nouvelles, dans un décor subtilement planté, un drame bref auquel rien ne manque. Ma Jian affinera encore cette écriture quelques années plus tard dans *Chienne de vie**, récit autobiographique dans lequel il relate son propre parcours d'artiste, les leçons d'un maître, le drame personnel de ce dernier pendant la Révolution culturelle, la vie de tous les jours... cela en moins de quatre-vingts pages !

La mendiante de Shigatze, surtout, est un récit de voyage : l'auteur, rejetant la linéarité d'un journal de bord ou le remodelage systématique au passé, utilisant les rencontres, les histoires entendues, les détails de la vie courante, a su lui donner une forme, une densité, qui ne sont pas sans rappeler certains poèmes d'Arthur Rimbaud. De même que chez le poète vagabond, on remarquera à quel point les délires visuels ou imaginatifs participent du vécu, tout comme les impressions érotiques, telles ces nombreuses allusions à la belle poitrine des Tibétaines, et ce n'est pas le dernier de leurs charmes pour les visiteurs venus de Pékin ou de Shangaï où les femmes sont, il faut l'avouer, plutôt fines. Remarquons au passage que la plupart de nos voyageurs en Afrique ou dans diverses îles exotiques s'attardaient et s'attardent encore à ce genre de découverte, idée que l'on ne doit pas oublier quand on lira ce récit, ne serait-ce que pour l'éloigner de toute idée de message politique, et lui accorder sans arrière-pensée une force, une qualité d'écriture et un pouvoir émotionnel rares.

* Actes Sud, 1991.

LA MENDIANTE DE SHIGATZE

LA FEMME EN BLEU

Le bus franchit le col de Kampa à plus de cinq mille mètres d'altitude. Loin derrière nous, des camions Libération peinaient encore dans la montée. Les nuages se déchirèrent au ras du cairn et des *manis* * et le lac Yamdrock apparut au fond de la vallée. Quand les cimes enneigées et lumineuses plongèrent à la renverse dans les eaux couleur de ciel, j'eus brusquement envie de serrer quelqu'un dans mes bras.

Je faisais route vers le Tibet central, sur une piste qui n'en finissait pas de tourner. Je venais de passer un mois à Lhassa où j'avais visité les antiques lamasseries ; je m'étais attardé au Jokhang, lieu saint du bouddhisme tibétain, à regarder les pèlerins venus des quatre coins du monde défiler autour du temple. Ils font tourner leur moulin à prières dans l'espoir d'être réincarnés dans une famille aisée. S'inclinant jusqu'à terre devant les portes du sanctuaire, ils accomplissent la grande prosternation, se relevant et s'inclinant, encore et encore, tels des sportifs à l'entraînement.

* Un glossaire figure en fin de volume.

La grande prosternation est un spectacle plein d'attrait pour un voyageur à l'esprit curieux. Mais la coutume tibétaine la plus fascinante est incontestablement celle des funérailles célestes.

Pendant mon séjour à Lhassa, j'avais tenté à plusieurs reprises de m'approcher de l'autel des funérailles, mon appareil-photo en bandoulière. Mais tantôt la cérémonie s'achevait avant le point du jour, tantôt l'accès à l'autel m'était délibérément interdit, parfois par des jets de pierres.

J'avais donc dû me satisfaire d'ouï-dire :

La famille du défunt garde le cadavre sous son toit trois jours durant ; puis, le mort est acheminé à dos d'homme jusqu'au cimetière céleste. Pendant le trajet, le porteur ne doit à aucun moment regarder en arrière ; à la sortie du village et à chaque carrefour, on brise une jarre d'argile rouge pour empêcher l'âme du mort de revenir tourmenter les vivants. Un maître de cérémonie allume des feux d'encens ; les plus fortunés font venir des lamas qui récitent des *mantras* pour élever les mérites du défunt jusqu'au royaume de Bouddha. Ils espèrent ainsi obtenir sa réincarnation dans la Roue de la Vie ou la vie éternelle dans le royaume de Bouddha. Le maître de cérémonie procède au dépeçage du cadavre. Ensuite, il broie les os avec un marteau de fer pour les réduire en pâte. Quand il s'agit d'os tendres (des os d'enfant, par exemple) il ajoute de la *tsampa* à cette pâte afin de l'épaissir avant de donner le mélange en pâture aux vautours. On reconnaît les morts bouddhistes au signe propitiatoire incisé sur leur poitrine. La remise de la peau du crâne à la famille du mort clôt les funérailles. Les relations avec le défunt se poursuivent ensuite par des dons d'encens et des prières aux bouddhas.

Je me proposais donc de gagner un coin perdu du Tibet central où je pensais avoir plus de chances d'assister à des funérailles célestes.

Après un dernier virage, le bus toucha le fond de la vallée et poursuivit sa route le long de la rive du Yamdrock. Pris de tournis, je baissai la vitre. J'étais là, assailli par des relents de suif, à suffoquer dans un bus surpeuplé tandis qu'au-dehors le lac frissonnait sous la caresse d'une brise légère.

Je préférai descendre.

On était en août, le mois le plus beau sur le haut plateau. L'air y est si transparent qu'on a l'impression de flotter dans le vide. Je posai mon sac de voyage au bord de l'eau et je sortis ma serviette.

Je me sentis mieux après une toilette sommaire.

J'étais à Langkatze, un village d'environ cent familles se résumant à une rangée de maisons en pisé au pied des monts. Des drapeaux couverts d'inscriptions mystiques, "chevaux du vent" flottant au-dessus des toits, et, à mi-pente, une petite lamasserie aux murs rouge et blanc bordés par le bleu des entraits ; des *mendongs*, pans de murs de pierre sans toit où sont gravés des *mantras*, et un petit *chörten* chaulé de neuf, d'un blanc immaculé. Rien ne troublait la beauté du lac en cet endroit. Les rayons du soleil jouaient sur les galets au fond de l'eau. Les drapeaux des toits composaient au gré du vent une symphonie de rouges, de jaunes, de blancs et de bleus préfigurant l'harmonie du royaume de Bouddha. Au bord du lac, un peu à l'écart des autres, une maison en ciment sous un toit de tuiles rouges.

Le siège administratif du canton ? A tout hasard, je sortis de ma poche une lettre de recommandation contrefaite qu'authentifiait un sceau vermillon et je m'avançai. Ce n'étaient pas des bureaux mais une habitation. Un soldat sortit sur le pas de la porte et me fit signe d'entrer. A son accent, je reconnus un Sichuanais. Je lui emboîtai le pas. Le bâtiment se révéla être un poste des télécommunications de l'armée où logeait l'homme affecté à la réfection des lignes de téléphone du secteur. Il passait en fait la plus grande partie de son temps à pêcher à la ligne ou à lire des illustrés et des romans d'aventure. Il accepta avec joie de m'offrir l'hospitalité.

Cela faisait quatre ans qu'il vivait là, et il se débrouillait en tibétain. Les habitants du canton l'invitaient souvent à boire un coup chez eux. Tout un bric-à-brac s'entassait dans la pièce qui avait l'air d'un dépotoir.

Y avait-il un autel des funérailles célestes dans les parages ? "Oui."

Je me risquai à demander si l'on y avait célébré des funérailles dernièrement. Il marqua un temps d'hésitation puis m'apprit qu'une femme venait de mourir dans le canton. Ma curiosité était piquée au vif. Mais il se mit à bredouiller, éludant mes questions, puis me dit qu'il devait aller acheter de l'alcool pour le dîner. Il refusa sans grande conviction l'argent que je lui proposai et sortit.

J'échafaudai toutes sortes de suppositions. L'occasion ne se représenterait sûrement pas de sitôt. Seul le hasard... Comme par un fait exprès, il se préparait des funérailles... Je ne devais pas rater ça !

Nous passâmes la soirée à boire en parlant de choses et d'autres. Je crânai pour éveiller son intérêt... Il aimait la pêche ? Eh bien, j'étais moi-même un pêcheur chevronné ! Je lui expédierai de Pékin une canne d'importation en acier inoxydable. "Voilà mon adresse. J'habite à deux pas de chez Zhao Ziyang. Wang Guangmei est dans le coin, elle aussi." Une adresse qu'il aurait été bien en peine de retrouver, bien entendu.

Enfin, j'abordai le chapitre des femmes. Le soldat se mit à fumer cigarette sur cigarette. Il semblait nerveux. Je suis intarissable sur le sujet. Je vantai l'émancipation des femmes d'aujourd'hui puis, passant au dialecte sichuanais, je lui proposai de "coucher avec ma nana" quand il viendrait à Pékin. "Tu n'as pas à te gêner !" ai-je ajouté pour faire bonne mesure. Sur ce, il a passé la main sur le rebord de la table et s'est mis à parler.

— La femme, elle avait à peine dix-sept ans.

— Si jeune !

— Elle est morte d'une hémorragie pendant ses couches. L'enfant n'est pas né.

Pris d'un haut-le-cœur, j'allumai une cigarette. Le silence s'éternisait. La maison suintait d'humidité. L'étoile à cinq branches et le matricule de l'unité militaire se détachaient en rouge sur fond jaune à la tête du lit de bois réglementaire collé contre le mur. Des coupures de revues illustrées sur les murs. Un tas de crampons de fer et de câbles téléphoniques sous le porte-cuvette près de l'entrée. On avait occulté le carreau du bas de la fenêtre avec du papier journal. Le carreau du haut laissait voir le ciel où le bleu profond s'était obscurci.

Sur la route, les moteurs s'étaient tus depuis longtemps.

Le soldat alla s'étendre sur le lit.

— Tu peux y aller. Les gens d'ici ne font pas d'histoires. La plupart n'ont jamais vu d'appareils-photo. Quant aux deux maris de Mima, ils ne savent même pas ce que c'est.

— Les deux maris ?

— Les deux maris de Mima, la morte.

— Elle avait deux maris ?

— Ouais... Elle a épousé des frères, marmonna-t-il.

Je restai un moment pensif avant de poursuivre.

— Pourquoi diable a-t-elle épousé deux hommes ?

Ma question à peine formulée, je me dis que c'était idiot. Puisque la femme était morte... Mais le soldat se lança dans de longues explications.

Mima n'était pas du coin. Elle venait de Naïdouélha. C'était la plus chétive d'une famille de onze enfants, ses parents l'avaient échangée à six ans contre neuf peaux de mouton.

— Ainsi, on troque encore les enfants contre des marchandises ?

Il ne répondit pas.

— ... Par la suite, la vie est devenue un peu plus facile pour elle. Elle est même allée à l'école de Langkatze pendant trois ans. Sa mère adoptive vivait encore...

— Comment s'appelait-elle ?

Jugeant l'histoire digne d'être rapportée, j'avais pris mon stylo et mon calepin.

— ... Le père adoptif est un ivrogne. On l'entend chanter dès qu'il a un coup dans le nez. Et puis, ça lui donne des idées. Des fois, il se collait contre Mima et la tripotait. Après la mort de la mère, il a été plus loin. Qu'est-ce qu'une gamine peut faire pour empêcher un homme... ?

Sa voix dérailla. Je savais qu'il allait se mettre à jurer, comme tout à l'heure, quand je faisais le fanfaron.

— L'enfoiré ! Il ne perd rien pour attendre. Quand je ne porterai plus l'uniforme...

Il vira du rouge au violet. Il avait cet air obstiné qu'on retrouve chez nombre d'hommes du Sichuan. Je me taisais, abasourdi par son juron. Il alla dehors prendre l'air. Les fils du téléphone ne bougeaient pas. J'avais bu la dernière goutte d'alcool. Je me mis à tourner dans la pièce. Il n'y avait pas de moustiques malgré la chaleur, mais l'humidité montant du lac me glaçait les os.

— ... Est-ce que tu veux bien m'y emmener ?

— Allons-y ! répondit-il sans même me regarder.

Il ramassa sur la table la clé ainsi qu'une torche électrique.

Nous empruntâmes un raidillon encaissé entre les murs de pisé. Le faisceau de la torche accrochait des tas de bouses, fraîches ou sèches, tapies parmi les mauvaises herbes. Des chiens se mirent à aboyer. Le soldat poussa une barrière en criant quelques mots de tibétain en direction d'une maison où brillait de la lumière. Nous entrâmes.

Des hommes assis autour d'un feu tournèrent vers moi leurs regards ébahis. Le plus âgé se leva. Le soldat s'adressa à lui, toujours en tibétain. Les autres ne me quittaient pas des yeux. Je sortis mon briquet, l'allumai, et j'offris des cigarettes à la ronde. Je ne distinguais que leurs dents dans la pénombre. Je fis à nouveau jaillir la flamme de mon briquet et la laissai monter. Leurs traits se détendirent. Je passai alors l'objet à l'homme qui était debout. Ils actionnèrent la molette à tour de rôle, me lançant un sourire de temps à autre. Enfin, je m'assis. Mon voisin, un homme jeune, tira d'un sac de toile de la viande de mouton séchée. Il en découpa un morceau et me le donna. Je m'étais habitué à la viande "crue" de mouton ou de vache dans les pâturages de Yangbajing. Détachant mon couteau de ma ceinture, je taillai la viande en lamelles pour l'avaler. Ils me regardèrent faire avec plaisir. L'un d'eux me tendit un bol de *tchang* à peine fermenté où flottaient encore des grains d'orge. Je pensai aussitôt à la jeune morte.

L'odeur de bouse brûlée rendait l'atmosphère irrespirable. Je promenai mon regard autour de moi. L'intérieur était simple, comme chez tous les

Tibétains. Un coffre en bois d'un peu plus d'un mètre de haut, recouvert d'un *kadien*, était posé contre le mur. Toute la pièce était blanchie à la chaux. A droite de la porte d'entrée, une ouverture dépourvue de portière conduisait à une deuxième pièce qui était plongée dans l'obscurité. C'était peut-être la chambre de Mima. Ou bien un débarras. Contre le mur du fond, une vieille armoire tibétaine ; à côté, collée au mur, une image ancienne de Mara tenant la Roue de la Vie dans sa bouche béante, destinée à emplir de terreur le cœur des vivants. Au-dessus, des *mantras* imprimés sur des bandes de papier multicolores.

Je les vis hocher la tête en me regardant. Peut-être discutaient-ils de l'opportunité de ma présence aux funérailles. Le soldat se leva et me fit signe de le suivre dans l'autre pièce. Il pointa sa lampe sur un sac de chanvre fermé qui reposait sur une plate-forme de briques d'adobe.

— C'est elle.

Je promenai le faisceau de ma torche le long du sac. Elle devait être assise, le visage tourné vers la porte ; le menton sur la poitrine : peut-être lui avait-on enfoncé la tête en la mettant dans le sac.

Etendu sur le lit, les yeux grands ouverts, j'essayais de me représenter Mima. Comme toutes les femmes des minorités nationales, elle savait sûrement chanter. Ces chants m'ont souvent surpris dans les bois ou dans les montagnes. La fraîcheur des voix vous met l'âme en joie. Tout à leur allégresse, ces femmes détachent les cordons de leurs vestes de peaux qu'elles rabattent sur leur ceinture. Quand elles arrêtent de chanter, leurs cheveux défaits flottent sur leur visage. Je prêtais à Mima les traits d'une fille aperçue dans le bus : un visage rond au teint cuivré ; un nez fin, le tour des paupières noir, et des yeux qui vous fixent sans ciller. La peau lisse et blanche de la gorge. Une poitrine généreuse. Le creux obscur entre les seins, frémissant à chaque secousse du bus.

Le soldat revint de sa ronde. Il donna de la lumière. Ses traits n'exprimaient rien. Il alluma une cigarette et vint s'étendre, accoudé sur le lit à côté de moi. Nous n'avions sommeil ni l'un ni l'autre. Il brisa enfin le silence.

— Après tout, puisque tu ne fais que passer, autant te le dire. Et puis, il faut que ça sorte. Ça fait trop mal.

Je me redressai à mon tour, impatient d'en savoir davantage.

— Mima et moi, nous nous aimions bien. C'est à cause de ça que je suis resté ici. Et pourtant, c'est pas le genre de poste qu'on cherche à conserver. Mon travail, c'est le contrôle des lignes de téléphone qui passent par-dessus ces deux montagnes.

Quand je l'ai rencontrée pour la première fois, je redescendais, un rouleau de vieux câbles sur le dos. Je l'ai hélée et je suis allé m'asseoir à côté d'elle. Son chien a ouvert un œil puis s'est rendormi. La chaleur était écrasante. C'était en plein après-midi. Le troupeau broutait à quelque distance de là, sur une pente exposée au vent. Mima m'a fait un sourire et m'a regardé. Trop longtemps peut-être, avec trop d'insistance. Je lui ai expliqué que j'étais du poste téléphonique. Elle n'a pas compris. Je lui ai montré les fils qui descendaient jusqu'à la maison. Elle a souri encore une fois. Ensuite, elle s'est tournée vers le col de Kampa. Un camion de marchandises montait vers le col mais nous étions trop loin pour entendre son moteur.

Mima m'a dit qu'elle m'avait déjà vu. Elle s'est étonnée de me voir rester ici. Elle n'avait pas l'accent du coin. Je lui ai offert un grand bout de câble pour qu'elle se fasse une corde à linge ou de la ficelle d'emballage. Par la suite, je retournai souvent là-haut pour la voir. Elle m'attendait. Elle me donnait de la viande de mouton séchée et du *tchang* de sa fabrication. Elle faisait aussi un alcool de jujube et de poire sauvage. Nous passions toute la journée ensemble et nous ne nous séparions jamais avant la tombée de la nuit. Je trouvais Mima plus propre que les autres Tibétaines. J'aimais sentir sur elle l'odeur de fromage et de suif rance. Elle ne m'a pas repoussé quand j'ai défait la ceinture de toile qui fermait sa robe de peau. Je l'ai attirée contre moi. C'était la première femme que je touchais. Dès que je me trouvais près d'elle ou que ma main frôlait sa poitrine je ne savais plus ce que je faisais. Elle avait envie que ma main descende plus bas mais je ne savais pas m'y prendre. Elle m'a raconté que son père adoptif avait l'habitude de l'enfiler avec les doigts. Elle disait aussi qu'elle devait souvent fuir la maison, que les gens du village savaient qu'il couchait avec elle, et que les garçons de son âge la méprisaient.

Ça c'est passé il y a un an, presque jour pour jour. Elle a fait irruption chez moi en pleine nuit et elle s'est glissée à tâtons jusqu'à mon lit. J'ai trouvé le courage de faire ça avec elle. Je me demande comment. On a continué toute la nuit. Mais il fallait qu'elle rentre chez elle avant le jour. Elle m'a écarté. Je l'ai aidée à se rhabiller et je me suis endormi tout de suite. Mais, avant de me quitter, elle m'a donné son collier de turquoises. C'est le lendemain que j'ai appris qu'elle avait épousé les deux frères.

A ces mots, il me regarda droit dans les yeux :

— Si tu racontes ce que tu viens d'entendre, je suis un homme mort. Ils me tueront à coups de couteau.

J'ai hoché gravement la tête pour l'assurer de mon silence.

Voilà pourquoi je l'appelle ici "le soldat".

Il a sorti le collier d'un tiroir. Je l'ai approché de la lumière pour l'examiner à mon aise. C'étaient des agates entremêlées de perles d'acajou avec un pendentif de turquoises.

Le collier luisait sous la lampe. J'y respirai l'odeur lactée de la jeune femme. Je revis la forme dans le sac de chanvre.

— Est-elle revenue te voir, après ?

— Non. Après son mariage, elle s'est occupée de son ménage.

Les frères étaient fous d'elle. Quand ils avaient bu, on entendait les cris et les gémissements de

Mima, bien après minuit. Quelqu'un a vu le cadet, la fois où il revenait avec Mima du pèlerinage de Wangdan, la pénétrer sur le dos de son cheval. Elle était déjà enceinte. Ces deux-là ont attendu la moitié de leur vie avant de se trouver une femme.

— Elle n'a vraiment pas cherché à te revoir ? insistai-je.

— Si. Elle est revenue. Seulement, je ne voulais pas tout te dire.

Au soleil levant, nous sommes montés à l'autel des funérailles.

Ce n'était pas comme à Lhassa une grande pierre plate surplombant le vide. A mi-pente, quelques pieux de fer encordés autour d'un redan rocheux délimitaient l'autel. Des couteaux rouillés, de grands marteaux et une hache au manche cassé gisaient à proximité ; des fragments d'os humains, des cheveux, des bracelets brisés, des perles de verre et des ongles que les rapaces avaient régurgités.

La montagne était calme. Les vautours attendaient perchés sur les crêtes. Quelques bourgeons vaporeux commencèrent à éclore sur le lac Yamdrock. Ils s'épanouirent en un tapis de brume qui recouvrit tout le lac. La nappe laiteuse respirait, se soulevait et retombait comme la poitrine d'une femme. Elle gonfla, de plus en plus dense, jusqu'à noyer le soleil rouge sang. Enfin, la brume se mit à tournoyer à fleur d'eau puis s'éleva vers la montagne.

Le cortège troua la brume. L'aîné portait le sac de chanvre sur son dos. Il n'y avait donc pas de maître de cérémonie. Peut-être ne pouvaient-ils en faire les frais, ou encore n'y en avait-il pas dans le canton. Le cadet était muni d'un sac à farine, d'une bouteille thermos et d'une casserole. Derrière eux venait un lama que je reconnus comme l'un de ceux qui se trouvaient chez Mima la veille au soir. Des écharpes de brume flottaient à hauteur de leurs épaules. Les frères me firent un sourire puis ils dénouèrent le sac. Mima apparut, les membres repliés et attachés contre le torse dans la position d'un nouveau-né. On avait incisé une svastika dans la chair de son dos. Les lèvres de la plaie étaient déjà racornies. Les frères défirent les liens de Mima et son corps glissa à terre. Ils l'installèrent sur l'autel : la tête fermement calée, les membres étendus et le visage tourné vers le ciel. Les yeux de Mima étaient restés ouverts. Elle fixait le ciel où s'enroulaient et se déroulaient des rubans de brume.

Le cadet jeta quelques poignées de *tsampa* sur les trois feux d'encens qu'il venait d'allumer. Des volutes de fumée âcre se mêlèrent à la brume. Il mit du beurre de yack à fondre dans une casserole sur un quatrième feu. L'aîné, de son côté, alimentait les feux d'encens avec quelques bouses.

Ceci fait, il se redressa et observa les crêtes aux alentours. Le lama assis en tailleur sur une peau de mouton près des feux égrenait son chapelet au-dessus d'un livre sacré.

Je m'approchai de Mima qui, étendue sur le dos, les cuisses écartées, semblait s'offrir une dernière fois au ciel. Ses seins à la peau plus claire retombaient des deux côtés. Son ventre ballonné renfermait une vie qui ne verrait jamais le jour... Et si c'était la semence du soldat ?

Je réglai l'ouverture et la distance de mon appareil puis je m'accroupis à droite du cadavre, prêt à prendre mes photos...

"On verra les bancs de brume au deuxième plan et, à l'arrière-plan, les teintes chaudes des reflets du soleil sur la neige des cimes..."

A travers l'objectif, on eût dit une enfant. J'imaginais la petite fille qu'on avait amenée jusqu'ici à dos de cheval, enroulée dans une peau de mouton d'où ne dépassaient que ses yeux qui découvraient le lac et les montagnes ; la jeune fille au regard tranquille qui faisait paître ses moutons le visage tourné vers les sommets, en rêvant à son pays. A travers l'objectif, elle avait l'air de dormir. Je déplaçai mon appareil le long de son corps. Ses bras pendaient désarticulés, ses mains étaient ouvertes les paumes vers l'extérieur. Sous le sein, une petite tache rouge. Le grain lisse de la peau des cuisses... Le lit du soldat grinçait sans doute... J'entrevis les deux maris en train de s'enivrer.

Je zoomai sur les pieds. La peau était très blanche, les orteils recroquevillés. Le petit orteil, beaucoup plus court, n'avait pas encore d'ongle. Je me reculai pour cadrer mon plan d'ensemble et j'actionnai le déclencheur : il ne s'abaissa pas. Nerveusement, je passai en mode manuel. Je me remis en position et, une seconde fois, j'appuyai sur le déclencheur. Il était toujours bloqué. Je m'assis, les jambes flageolantes, et je changeai la pellicule et les piles. Puis, visant le visage de Mima, je pressai encore une fois sur le déclencheur. C'était comme s'il était gelé. Dans l'objectif, je vis une ride se creuser au coin de la bouche. Ce n'était ni un sourire ni un ricanement mais ses traits qui avaient bougé. Je me relevai lourdement. Un cri strident me transperça les tympans et un souffle m'ébouriffa les cheveux. Un vautour descendait en piqué. Il plana au-dessus du cadavre avant de se poser et de replier ses ailes.

Je rejoignis les autres.

Le cadet tira le sac vers lui et en sortit une bouse qu'il jeta dans le feu. Plongeant à nouveau la main dans le sac, il y prit une galette de *tsampa* et m'en donna un morceau que je mangeai de grand appétit. La galette était fourrée aux raisins. Puis, du même sac, il sortit de la viande de mouton séchée. Il m'en offrit et me tendit le gobelet du thermos rempli de *tchang*. Je le bus d'un trait. La viande avait peut-être été boucanée par Mima...

Je levai les yeux vers elle. Sa vulve était tournée de notre côté. Une ficelle de coton pendait à l'extérieur du vagin au sphincter distendu et sanguinolent. On avait sans doute tenté de tirer le fœtus. Je m'acharnai sur mon morceau de mouton séché. Les frères m'adressèrent un sourire. Peut-être ai-je souri, moi aussi. Mais je fixai les lointains enneigés déjà irisés par le soleil. Il n'y avait plus aucune trace de brume. Les eaux du lac en contrebas, calmes et claires comme la veille, étaient du même bleu turquoise que le pendentif de Mima. L'aîné se leva pour remettre des bouses séchées dans les feux d'encens. Il alla ensuite offrir du *tchang* au lama. Ce dernier refusa et lui dit que l'âme de Mima avait gagné le ciel. Le cadet se leva alors et tira de son sac un couteau bien affûté.

Nous gagnâmes l'autel. Les vautours qui s'entre-déchiraient en criant assombrirent le ciel au-dessus de nos têtes. Les frères retournèrent le cadavre. L'aîné plongea sa lame dans la fesse de Mima et dépouilla la jambe, de la cuisse à la cheville. Il donna la chair au cadet qui la découpa en morceaux. L'os de la jambe était à nu. Des eaux et du placenta s'écoulaient par le vagin car le ventre s'était trouvé comprimé contre la roche.

Je saisis mon appareil-photo et réglai la distance. Cette fois, le déclencheur fonctionna.

Des nuées de vautours s'abattirent autour de nous. Ils s'assenaient de grands coups de bec en criant. Les corbeaux s'étaient posés au-delà du cercle des vautours mais, comme s'ils se savaient d'une espèce inférieure, aucun ne s'approchait. Ils attendaient leur tour, observant la curée. Le soleil éclaboussa l'autel. Le cadet dut chasser les vautours qui devenaient de plus en plus audacieux. Il leur donnait le corps de Mima en pâture morceau par morceau. Je m'emparai d'un couteau rouillé et ramassai une des mains de Mima que l'aîné avait tranchées. J'en découpai le pouce à l'articulation et le jetai aux rapaces. Le cadet me fit un signe. Il me reprit la main mutilée et la posa à plat sur une pierre. Il en écrasa les doigts un à un avec un marteau avant de la jeter aux rapaces. Ainsi n'en laisseraient-ils rien.

L'aîné saisit Mima par le menton pour maintenir sa tête en arrière. Dès cet instant, je perdis tout souvenir de son visage. Mais Mima garda les yeux grands ouverts et tournés vers le ciel jusqu'à l'anéantissement. Enfin, l'aîné ramassa les nattes que liaient encore un ruban rouge, et en menaça les vautours en se dirigeant vers les feux d'un pas insouciant.

Les corbeaux avaient rejoint les grands rapaces. Ils picoraient des débris de chair et de cervelle mélangés à la *tsampa* au pied des pieux de fer.

J'ai regardé ma montre. Il y avait deux heures que j'étais là-haut. Le soldat m'attendait pour redescendre. Il avait emprunté une barque pour m'emmener pêcher sur le lac.

LE SOURIRE DU LAC
DU COL DE DOLM

Il descendit lourdement de cheval. Il était revenu sur ses pas.

Il but à longs traits l'odeur des herbes de la steppe et de la terre mouillée chauffée au soleil. Le vent dévalait les pentes du massif de Kang Tisé et, traversant le plateau chauve, allait s'engouffrer au loin dans le lac du col de Dolm. Les eaux du lac s'agitaient comme soulevées par le souffle de quelque monstre aquatique de la préhistoire. Les roseaux s'animaient. Sur la grève, affleurait la croûte blanchâtre du salpêtre. C'était un lac salé, un marécage, chaque année yacks et chevaux s'y noyaient.

"Ils n'ont pas dû planter leur tente par ici."

Il fit quelques pas en avant en tenant son cheval par la bride, puis, abandonnant les rênes sur la selle, il lâcha l'animal et se mit à grimper.

Sous l'herbe de la pente, le calcaire était boursouflé, raviné par le ruissellement des pluies et de la neige fondue. Un de ces terrains où les chevaux se blessent, où le petit bétail se noie dans l'eau qui stagne au fond des crevasses.

Il poursuivit son ascension. Le ciel teintait de bleu l'eau des flaques. Il se retourna pour s'assurer que son cheval n'avait pas bougé.

"Le cheval de Guésang-le-Boiteux est robuste mais je ne l'ai pas bien en main. Pourtant, voilà bientôt un mois que je parcours le pays sur son dos. Cela doit faire trop longtemps que je n'ai pas monté... J'ai les muscles des cuisses et le coccyx tout endoloris."

C'est là qu'il avait grandi. Ses parents avaient nomadisé dans cette région. Quelque part par là, Gaga, sa petite sœur, s'était fait désarçonner par un yack et était morte au fond d'une crevasse. Il avait onze ans.

Il détourna son regard et reprit son ascension. La steppe s'ouvrait à ses pieds, de plus en plus vaste. A l'horizon, le tapis d'herbes argenté tremblait dans le soleil.

"Pas un nuage... pas une tente... pas un troupeau. Il n'apercevait rien. L'empire de l'herbe, le haut plateau à plus de cinq mille mètres au-dessus du niveau de la mer. Une peau végétale extrêmement vivace qui croît sous le soleil du mois d'août."

Il écarta quelques pieds-de-loup et s'assit. Il tourna de nouveau la tête vers son cheval. La bête piaffait, fouettant de la queue ses flancs qui tressautaient sous la piqûre des taons. Le vent était tombé.

"Ce doit être un cheval de trait qu'on a sellé. Depuis que j'ai perdu le tapis de chanvre, l'autre jour, le bois de la selle repose directement sur son dos. Cela lui a mis la chair à vif en plusieurs endroits, c'est une torture qui lui fait prendre le mors aux dents.

"J'avais un cheval de selle autrefois. Un cheval bai. Un bon sauteur qui se jouait des fondrières les plus profondes. Et le yack blanc... Mais voilà des années que je ne monte plus, même pas à dos de yack ! Depuis que je suis entré à l'école de Saga."

Il voyait avec une inquiétude croissante ses journées de vacances s'enfuir l'une après l'autre.

Il y avait eu la rencontre avec l'ancien, le chef de la famille Dzassiba.

"... Cinq jours déjà."

La famille Dzassiba se souvenait de lui. L'ancien, lui, était si vieux qu'il ne tiendrait bientôt plus sur ses jambes.

"Quelles formules magiques t'a-t-on apprises à Saga ?" lui avait-il demandé.

Le campement des Dzassiba qui étaient plus de dix comprenait plusieurs tentes éparpillées de-ci, de-là.

Le soir, la famille au grand complet était venue aux nouvelles. Comme l'ancien était sourd et s'ennuyait de ne rien comprendre, il se mit à égrener ses souvenirs. Il raconta comment il était devenu le disciple d'un magicien de Saga.

"A l'époque où le frère de mon père était lama, le *toulkou* Dorjé Tsaïjang de Danba lui a crevé les yeux et coupé les lèvres et les mains pour offrir un sacrifice au bodhisattva de la Compassion, Chenrezig. Après quoi, mon oncle est revenu parmi nous pour mourir.

“Mon père s’est promis de le venger et m’a envoyé étudier la magie auprès d’un gourou. Je me suis donc mis en route avec un troupeau de yacks.

“J’eus pour maître Dountso Jéyiun. Il connaissait de puissants sortilèges, il savait commander aux éléments. Je lui ai offert tout mon troupeau, une paire de clochettes en argent et un brûleur d’encens en bronze contre une année d’initiation à ses côtés. Mon initiation achevée, je me suis remis en route. J’ai jeté à Dorjé Tsaïjang un sort qui l’a rendu aveugle. Puis j’ai rejoint les miens et nous sommes venus vivre par ici.”

L’ancien lui apprit que sa famille avait plié bagage un mois plus tôt.

“Ils se sont dirigés vers le sud-est. Il paraît qu’il y a une vallée fertile quelque part par là-bas, mais c’est à plus de dix jours de marche.”

L’ancien s’était permis une remarque déplaisante sur sa sœur cadette :

“La petite Dawa Majé est devenue aussi appétissante qu’une baie bien mûre. J’en connais plus d’un qui ne se serait pas fait prier pour la croquer.”

L’ancien se demandait ce qui avait bien pu pousser sa famille à partir :

“En fait, cette vallée, là-bas, n’est viable qu’en automne. Elle est orientée au nord, ce qui fait qu’il n’y souffle pas le moindre vent en été. Les bourdons et les taons harcèlent les troupeaux au point que les bêtes en deviennent folles ; dès qu’elles flairent l’air humide du lac du col de Dolm, elles s’y précipitent et se noient.

“... Ton père n’a plus la santé. C’est à peine s’il peut manier le *oudol*. Depuis sa chute de yack, ta mère non plus ne peut plus travailler...”

“Il se trompe sûrement. Maman n’est jamais montée à dos de yack. C’est une version déformée de l’histoire de Gaga qui lui aura été rapportée.”

Un souffle de vent venu du lac du col de Dolm lui chatouilla les narines. L’air était fade, un peu amer. Il faisait déjà sombre. Il avait les jambes en plomb. Il étira ses membres engourdis et se releva en chancelant. Cela faisait deux jours qu’il n’avait rien mangé et il en éprouvait d’horribles brûlures à l’estomac...

“Mon cheval ? Il a disparu. Quand s’est-il sauvé ?”

Il comprit qu’il s’était endormi quand le vent avait tourné.

“J’aurais dû le prendre par la bride et lui faire escalader la pente, se dit-il en redescendant. Il n’y a rien à brouter là-haut mais, au moins, il n’y a pas de taons.”

Il avançait à grand-peine sur la piste de son cheval. Il s’arrêta la nuit venue. Il ouvrit la bouche et la referma. La température avait baissé.

“Le lac du col de Dolm se trouve de ce côté-là. Il ne faut pas s’y aventurer. On dit que c’est l’urine de la *dakini* Shejen. D’ailleurs un des sommets à côté du lac porte des traces d’écoulement.”

Pourtant il se dirigeait bel et bien vers le lac.

Il avait écrit aux siens pour les avertir qu’il viendrait passer les vacances auprès d’eux.

“J’ai ouvert moi-même la lettre que je leur avais envoyée il y a quatre mois. Elle m’attendait au bureau de l’administration du canton de Mayum.”

Les employés lui avaient dit que sa famille était partie vers la steppe de Yashé au début du printemps. Mais, à Yashé, les pasteurs lui racontèrent tous une histoire différente. En désespoir de cause, il prit la direction que lui avait indiquée Guésang-le-Boiteux. Depuis, il sillonnait le pays à leur recherche. La veille au soir, il avait atteint ce massif montagneux. Pourtant, l'ancien lui avait formellement déconseillé de s'approcher du lac du col de Dolm :

"C'est là que la *dakini* Shejen vient s'accoupler avec le dieu-montagne. Malheur à celui qui les surprend : il en perd la vue."

Il avait failli rattraper sa famille la veille au soir. La butte sur laquelle ils avaient planté leur tente avait été aplanie peu de temps avant : le sol, encore humide comme une terre qu'on vient de retourner, était sec sous la pierre du foyer. Il y avait aussi ce bout de tissu, un morceau de robe qu'on avait utilisé comme tapis de selle, dont les coutures étaient sans aucun doute de la main de sa mère.

Il se souvint du *bangdien* de Dawa Majé.

"Ce doit être une grande fille maintenant. Déjà, quand je suis parti pour Saga, elle ne se déshabillait plus devant moi. Elle se cachait pour faire ses besoins."

Le corps de Dawa Majé avait une odeur de lait aigre.

— Regarde, dit-il à son cheval noir, elles sont là. Tu vois son *poulou* ?

Il se mit à quatre pattes et, flairant la terre, il exhuma un pied de mouton qui, peut-être, avait bouilli dans la marmite familiale.

— Voilà bientôt un mois que je vous cherche. Pourquoi restes-tu assise là-bas. Lève-toi ! Approche ! Viens voir les chaussures que je t'ai apportées. Elles ont été fabriquées à Pékin. Tu sais, Pékin, c'est plein de monde. Imagine tout le bétail de Mayum réuni. Eh bien, là-bas, les gens sont encore plus nombreux que ça ! Le bâtiment principal de l'école a de grandes fenêtres. Pour monter et descendre, il y a des escaliers qui tournent.

Il se tut soudain et regarda tout autour de lui. Il n'y avait plus le moindre souffle de vent. Une odeur âcre de bouse brûlée et de viande de mouton lui montait à la tête. Une bouse de yack était en train de se désagréger sous les assauts d'une colonie de bousiers.

Il se tenait debout, solitaire, au milieu de la steppe obscure, dévoré par les moustiques. Il reprit sa marche en avant. Il aperçut des ondes mauves à la surface des eaux.

"Elle est là, la *dakini*, en train d'uriner."

Il s'allongea sur le sol. Le regard perdu dans le lointain.

"L'hiver, la *dakini* va retrouver le dieu-montagne."

"Ces cercles blancs autour du lac... son urine..."

Il se prit à rêver que la Dakini urinait comme ceci et comme cela.

Il s'endormit. S'éveilla, ébloui. Le soleil l'enveloppa d'un halo rouge.

Il aurait aimé retrouver le cours de son rêve mais il était déjà trop lucide. Il se dressa sur son céans pour repérer le chemin qui l'avait conduit jusque-là.

Il prit conscience qu'il n'avait plus ni eau ni nourriture.

Son cheval s'était enfui. Seule une rencontre fortuite avec des pasteurs pouvait le sauver. Il parvint à force de volonté à se redresser mais ses jambes se dérobèrent sous lui et il fut pris de vertiges. Son sang lui martelait les tempes. Son cœur cognait à tout rompre. Ses forces lui faisaient défaut et seule la faim le tenait en alerte.

"C'est par ici qu'il fallait amener le cheval noir. C'est un chemin creux. Il n'aurait pas pu traverser ce large fossé plein d'eau sur la gauche. De plus, en allant contre le vent, il aurait échappé aux piqûres des taons."

Les eaux du lac étaient étales. La rive sous la croûte de salpêtre ressemblait à une *khata.* Sous le soleil, l'eau des fondrières prenait l'éclat aveuglant de la glace. De hautes touffes d'herbes couronnaient les levées de terre du marécage. Même les mouches avaient déserté ces parages.

Il se raidit sur ses jambes et s'ébranla lentement en direction du lac. Il prit à droite le long de l'eau, comme si quelque chose l'attendait de ce côté-là. Mais il marcha tout un jour sans rien rencontrer d'autre que la steppe rongée par le sel. Il essaya d'avaler une gorgée d'eau qu'il dut recracher aussitôt, l'estomac révulsé.

"C'est pire que de la pisse", remarqua-t-il à haute voix. Puis, relevant la tête, il vit un sourire se dessiner à la surface du lac. "Dawa Majé !"

Il arrêta sa course à la nuit tombante.

La cime nimbée de brume du mont Kang Tisé s'éclaircit sous les rayons du couchant. La lumière, de plus en plus faible, resta un moment suspendue à l'horizon, puis l'ombre envahit le paysage.

Un souffle d'air l'effleura, il aperçut la tente de sa famille où dansaient les flammes du foyer. Il reconnut la marmite, celle au couvercle découpé dans une plaque de zinc. Derrière l'écran de vapeur, sa mère mettait du beurre de yack dans le thé.

Il perçut l'odeur du thé, du beurre et du lait chauds. C'est alors qu'il vit sa sœur. En fait, elle le vit en premier et se précipita vers lui en l'appelant par son nom. Elle vint frotter sa tête contre son épaule. Il lui sourit. Ils entrèrent sous la tente.

"Rien n'a changé. Par terre, les peaux de yack et le *poulou* de Dawa Majé. Papa est appuyé comme à son habitude au poteau central, tout près du feu. Le vieux sac à beurre pend au poteau... Ça fait des années que maman utilise le même."

Il posa aux pieds de son père le seau de plastique blanc... Le seau que transportait le cheval noir qui s'était enfui.

Dawa Majé s'approcha en tenant Dawa Nashi par la main.

"Notre petite sœur n'a pas grandi d'un pouce. Elle arbore encore ce sourire stupide qui ne la quitte jamais... comme la fois où j'ai frotté ses joues avec du charbon de bois."

Dawa Majé se tenait penchée au-dessus du foyer. Elle cassa un morceau de brique de thé et le jeta dans la marmite. Il lui tendit le paquet de sel fin qu'il avait apporté.

Dawa Majé était une femme maintenant. Il perçut le frottement de sa poitrine contre l'étoffe quand elle se pencha pour prendre le sel. Ses seins frémirent à nouveau quand elle se redressa.

Il revit le terrain de sport de l'école où il jouait au ballon tous les jours après le dîner. Le terrain de sport jouxtait un étang au bord duquel s'élevait le bâtiment des salles de classe. Reflétés dans l'eau, les murs grisâtres semblaient tout propres.

Il défit son sac à dos.

"Est-ce que le cheval noir ne l'a pas emporté ?" se demanda-t-il.

Il défit son sac à dos et en retira le chemisier de sa mère, bien plié et enveloppé dans du papier de soie. Ses petites sœurs poussèrent des cris de surprise. L'entourant, elles se mirent à piocher dans le sac.

— Lavez-vous les mains d'abord.

Son père ne quittait pas le sac des yeux. Il avait beaucoup bu.

"Il n'a plus la santé", comme dirait l'ancien. Il semblait posé contre le poteau, comme un *sédong* qui a fait son temps. Il tenait son bol de bois de travers et la bière d'orge coulait sur sa main.

Il sentit le froid mordre son dos et s'approcha du feu. C'était pourtant l'été, mais ses jambes étaient engourdies par le froid de la nuit. Dehors, les moutons se frottaient les uns aux autres, il entendait le raclement de leurs cornes. La tente était envahie de fumée et de vapeur d'eau.

Il prit quelques gorgées de thé qu'il dégusta longuement. Le lait était frais. Mais les feuilles n'avaient pas bouilli assez longtemps, ce qui donnait au breuvage un arrière-goût de moisi.

— Eh bien ! Posez-moi des questions ! Imaginez-vous le grand bâtiment où je vis ? C'est un bâtiment à étages. Chaque étage est habité.

Il revit la salle de cinéma...

— Nous pourrions tous être des personnages de film. Les films, précisa-t-il, voyant que les siens ne comprenaient pas, se divisent en films de fiction, films documentaires et films étrangers.

Mais ces paroles non plus ne suscitèrent aucun écho.

— En dehors d'ici, il existe un monde immense, expliqua-t-il alors. Bien sûr, là-bas, les montagnes ne sont pas aussi hautes et la neige n'est pas aussi épaisse.

Il leur parla ainsi un moment. Mais le fil de ses pensées le ramenait à l'école.

Pour ses camarades de classe il était un personnage de légende qui vivait à plus de cinq mille mètres d'altitude dans les steppes du haut plateau. Il se plaisait à l'école mais il pensait souvent aux odeurs de bouse de yack brûlée et de lait fermenté de la tente ; au plateau sans fin, au désert.

Une terre où de la poudre, un fusil, un cheval et un chien étaient tout ce dont on avait besoin. On arrivait à se nourrir d'hémiones et de gazelles. Une terre où l'on peut dormir où bon vous semble.

Il s'était senti bien des fois tiraillé entre la ville et le haut plateau. La vie civilisée exerçait sur lui un attrait bien trop puissant. Aussi avait-il souffert, le corps et l'âme coupés en deux, dans le camion qui le ramenait vers les siens.

Enfin, une moitié de lui-même était revenue auprès des siens. Enfin, il était chez lui. Au fin fond des steppes, près du lac du col de Dolm. Il écoutait le vent chargé de sable cogner contre les pans de la tente... des voix familières parlaient de la reproduction des moutons et des yacks... Il se laissait peu à peu pénétrer par le parfum sucré du corps de Dawa Majé.

Il se leva et, courbé en deux, fit le tour de la tente. Il marcha jusqu'au buffet bas et il laissa courir ses doigts le long des entailles qu'il avait creusées sur le meuble en fabriquant des couteaux. Il caressa les glaces de la porte de l'armoire.

L'une contre l'autre, leurs têtes se reflétaient dans le miroir. Elle se regardait, lui l'observait. Ses cheveux lui caressaient le cou. Rien n'avait changé.

"Ton Mayum ne te manquait-il pas ? N'es-tu pas revenu ? N'es-tu pas arrivé jusqu'ici en cherchant la tente familiale ? Les rubans de soie tissés de fils d'or et les bas de nylon de Dawa Majé. Le chemisier de maman. Le jus d'orange en poudre qu'il suffit de mélanger à de l'eau. La longue peinture représentant un paysage de Chine. Toutes les choses que le cheval noir portait étaient-elles vraiment perdues ?"

Il parla des chaussures en cuir des autres femmes. Il imita leur démarche.

— Je vous ferai venir. Il y a du travail... On trouve tout dans les livres... Les routes sont goudronnées... Il y a cent fois plus de magasins qu'à Mayum... Vous n'aurez plus envie de retourner au pays.

Dawa Majé s'approcha et lui versa à nouveau du thé chaud dans son bol. Il la regarda.

— Déboutonne donc ta chemise. Tu ruisselles de sueur. Il y a beaucoup de femmes là-bas ?

Il regarda les yeux puis les lèvres de sa sœur.

— Elles ne portent pas la robe tibétaine. Elles se mettent des blue-jeans moulants. Pour dormir, elles enlèvent tout, pas comme nous qui gardons notre *tchouba*.

Il détourna les yeux. Elle détourna les yeux.

Autrefois ils dormaient ensemble. Autrefois, il avait glissé la main à travers la manche de sa sœur jusqu'à toucher les pointes de ses seins. Il avait fourré sa main entre ses cuisses. Elle s'était réveillée, ses cuisses avaient tressailli. Elle avait repoussé sa main et s'était écartée de lui.

Depuis, il ne pouvait plus regarder une femme sans penser à la steppe. A ce souffle moite et oppressant qui colle à la steppe.

Il se tenait maintenant face au marécage. Tout son courage l'avait abandonné. Le lac du col de Dolm s'éveillait. Des reflets irisés apparurent sur la bande de sel puis le lac reprit vie.

"Le cheval noir a déjà porté mon bagage sous la tente", se dit-il. Puis il regagna le campement.

Pomou, le chien du troupeau, se jeta sur lui, frottant sa tête contre son pantalon.

Crevant le bleu du ciel, le Kang Rinpoche venait à sa rencontre. Il était couronné de nuages légers qui faisaient penser à la *dakini* Shejen.

Il tint bon un instant puis il s'écroula. Son stylo à bille se décrocha de la poche de sa veste et alla rouler parmi les hautes herbes.

LE *CHÖRTEN* D'OR

Du point le plus élevé du monastère de Guér, on peut apercevoir deux *dakinis* himalayennes drapées dans leur châle d'argent doublé de blanc, les monts Chomo-langma et Shisha-pangma, qui tendent leur visage vers la voûte céleste comme si elles voulaient regagner la demeure des dieux. La route en contrebas, aujourd'hui à l'abandon, fut longtemps la seule voie de passage des caravanes de marchands et des voyageurs se rendant au Népal. Une rivière borde la route puis s'éloigne en serpentant à travers des champs de fèves et d'orge. La terre au-delà des champs est constellée de cailloux, sans le moindre brin d'herbe, aussi les pasteurs ont-ils pris l'habitude de mener en été leurs troupeaux paître en d'autres lieux.

Au faîte du monastère se dressait autrefois un *chörten* de cuivre qui renfermait un os du saint Milarepa. Aujourd'hui, seules les pierres du soubassement témoignent de son existence. Les autres sanctuaires sont tombés en ruine et ont disparu depuis longtemps. Les habitants se sont faits de plus en plus rares au cours des siècles tandis que les montagnes ne cessaient de s'élever.

Tout là-haut, les Tibétains, minuscules, se meuvent lentement. Tout ce qui bouge : nuages blancs, troupeaux de moutons, chiens sauvages, “chevaux du vent”, les femmes qui marchent avec leur enfant sur le dos, et moi-même, vagabond venu de Chine, tout ce qui vit se déplace comme dans un plan au ralenti. Là-haut, on souffre de maux de tête atroces. On sent une fente se creuser le long des tempes, on réalise alors que la fontanelle, en haut du front, peut à tout moment s’ouvrir comme le dôme de fer d’un observatoire. Certains souvenirs s’effacent du cerveau : j’avais oublié à quoi ressemblait mon ex-femme qui pourtant était à l’origine de mes présentes mésaventures sous ces cieux lointains. J’avais oublié tous les philosophes et tous les écrivains de la terre. En revanche, une foule de détails sans importance, appartenant à un passé révolu, me revenaient clairement à l’esprit : je me rappelais en particulier une grosse clé que je croyais avoir égarée six ans auparavant. Il m’apparut soudain qu’elle était sous la planche servant de socle à la malle rangée sous mon lit. Je revis l’instant où je l’avais perdue : je rêvais d’un rat. Le métal heurta le sol. Le rat, pris de frayeur, détala à travers la pièce. Je ramassai la clé pour ouvrir le tiroir de mon bureau. Le rat se mit à tourner en rond comme un fou et croqua deux de mes tablettes pour l’estomac. Je finis par glisser la clé sous la planche.

Je reprenais mon souffle assis au bord du chemin à l’orée du village. Une bande de gamins et leurs chiens s’attroupèrent autour de moi. Certains détaillaient du regard mes traits et mes cheveux, d'autres, mes vêtements, ma barbe, mon appareil-photo... Un à un, ils s'accroupirent. Je leur souris entre deux respirations. Au bout d'un moment, je me relevai, ma fausse lettre d'introduction à la main et je leur demandai le chemin du siège de l'administration du canton.

L'employé de l'administration cantonale avait poussé ses études jusqu'au deuxième cycle du secondaire au lycée régional, mais il avait, lui aussi, été gagné par une sorte d'abrutissement. Il lui fallut le temps de fumer toute une cigarette pour lire mon papier, après quoi il resta cinq bonnes minutes à me regarder en souriant. Je me présentai alors :

— Je viens faire l'ascension du Chomo-langma. C'est une mission politique dont m'a chargé l'agence de presse X..., ajoutai-je pour couper court à toute question.

— Un homme seul ! Impossible. Quelqu'un a déjà essayé l'année dernière. Il avait même fait son testament. Il est redescendu au bout de deux semaines, le visage violacé par le froid, le nez et les oreilles pourris de gangrène. Il est resté un mois à l'hôpital régional entre la vie et la mort. C'est que ce n'est pas donné à n'importe qui de caresser le visage de Belle Dakini. D'ailleurs, précisa-t-il, ceux qui ne meurent pas de froid risquent de finir broyés pas les blocs de glace qui couronnent la montagne.

Comme je devais avoir l'air déçu il m'indiqua l'une des montagnes avoisinantes qu'il me suffirait d'escalader pour apercevoir le Chomo-langma. "Il y a un monastère népalais en ruine au sommet. Une poignée de villageois vivent au pied de la montagne."

Le jour même, dans l'après-midi, il me conduisit au village bâti au pied du monastère de Guér. De loin, avec ses toits de pierre à un mètre au-dessus du sol, on aurait dit un enclos à bestiaux. Il n'y avait personne en vue. La terre était si poudreuse qu'un nuage de poussière s'élevait à chacun de nos pas et restait en suspension dans l'air. Un chien se glissa lentement sous une barrière et poussa un aboiement sans agressivité. Un visage de femme s'encadra alors dans un trou sous l'un des toits de pierre. Elle disparut puis refit surface. Penchant son buste à l'extérieur, elle entreprit de se peigner, en face de moi, en se regardant dans un miroir. La rue se réduisait à un boyau de terre caillouteux.

Le secrétaire de l'administration me désigna une maison et me dit qu'il connaissait bien l'homme qui vivait là : il nous hébergerait volontiers contre un paquet de cigarettes. Nous nous enfonçâmes sous terre en nous retenant au toit de pierre. A l'intérieur on ne voyait guère que le rougeoiement des braises mais le bruit d'une respiration nous parvenait distinctement dans le noir.

L'engourdissement de mes facultés intellectuelles et l'obligation de passer par un interprète expliquent sans doute l'absence de logique du récit qui va suivre. Toutefois, la clarté des détails que j'ai gardés en mémoire est là pour prouver que je n'ai rien inventé. Mais, ce qu'il y a de vraiment irrationnel c'est que cette nuit-là, dans cette maison, un homme m'a raconté une histoire qu'il a vécue en personne, une histoire qui s'est déroulée il y a quatre cents ans.

"Je débutai mon apprentissage à l'âge de onze ans auprès de maître Sangboutza, de Dégué. Les travaux de construction du *chörten* de cuivre du monastère de Guér venaient alors à peine de commencer. On nous avait logés, mon maître, sa femme et moi à l'intérieur même du monastère. J'avais entendu dire que maître Sangboutza et sa femme étaient tous deux d'origine népalaise. En fait, lui était né de ce côté-ci du Chomo-langma. Mon père venait de mourir de maladie sur la route qui le menait au Népal. Maître Sangboutza était un orfèvre de grand talent : presque toutes les femmes de la région portent encore les bijoux qu'il a fabriqués.

"Sangboutza avait été chargé de la construction du *chörten.* Le corps du *chörten* devait être coulé dans du cuivre et sa flèche dans de l'or pur. C'est au cours de ces sept années passées à travailler aux côtés de maître Sangboutza que j'ai appris mon métier. La femme de maître Sangboutza, Koula Djouli, avait presque trente ans de moins que lui. Elle s'était enfuie du Népal pour le suivre et ils avaient conclu un «mariage factice» de ce côté-ci de la montagne. Sangboutza avait connu Koula Djouli au Népal, elle avait été fascinée par la beauté des bijoux qu'il ciselait. Elle allait sur ses trente ans mais son visage n'avait pas une ride. La turquoise incrustée dans une de ses narines faisait penser au lac Pur et Saint, au Mafam. Chaque matin, elle se faisait un chignon, puis elle colorait de poudre rouge la raie de ses cheveux et se dessinait avec du cinabre un point rouge entre les sourcils. Sangboutza lui offrait les plus beaux des bijoux qu'il fabriquait.

"La construction du sanctuaire s'acheva sept ans après le coulage et le moulage du cuivre. Ce *chörten* ressemblait à une cloche suspendue au-dessus d'un soubassement de pierres maçonnées. Il faisait quatre mètres de diamètre à la base et allait en se rétrécissant palier après palier pour se terminer en cône. Toutes sortes de figurines propitiatoires tenant un grelot dans la gueule pendaient de la bordure en saillie à chaque étage. Le quatrième et dernier étage s'élargissait comme une plate-forme, ce qui, selon maître Sangboutza, servait à protéger le corps du *chörten* de la pluie et de l'oxydation, et compliquait la tâche aux voleurs tentés par la flèche d'or du sommet. Cet étage était bordé de treize paons. L'ensemble du sanctuaire faisait seize mètres de hauteur et le *chörten* était coulé d'un bloc, les seuls éléments rapportés étant la flèche et le soubassement.

"Maître Sangboutza avait ciselé sur tout le corps de cuivre des scènes de la vie du bouddha Çakyamuni. La flèche en elle-même était un *chörten* d'or. Les Seize Grands Bodhisattvas étaient gravés à l'intérieur du sanctuaire. La flèche n'avait que deux pieds de haut mais le ciseau de maître Sangboutza en avait fait un véritable bijou. Elle était creuse et s'emboîtait sur l'extrémité en pointe du corps de cuivre.

"Comme j'étais un garçon robuste et dur à l'ouvrage, mon maître m'aimait beaucoup. Il disait que mes bagues étaient plus belles et mieux montées que les siennes. Mme Koula Djouli me gâtait encore davantage : elle me réservait souvent une part de ce qu'il y avait de meilleur sur la table de maître Sangboutza.

"Maître Sangboutza se rendit en personne à Dansangdoun pour acheter l'argile du moule. Il devait rester absent pendant tout un mois. Cette année-là, j'avais treize ans. Avant son départ, le maître me dit de m'installer dans sa chambre, car il craignait que les lamas ne profitent de son absence pour coucher avec sa femme. Dès la première nuit, Koula Djouli me demanda de dormir près d'elle. La deuxième nuit, elle glissa la main dans mon pantalon pour caresser mon truc. De telle sorte que, par la suite, j'étais pris de tremblements rien qu'à sentir son odeur. Tout son corps exhalait des effluves de musc. Après cette nuit-là, elle arrêta son choix sur un *guéguoué* du monastère. Dès qu'ils me croyaient endormi, ils se serraient l'un contre l'autre. Chaque nuit, les râles de plaisir de Koula Djouli me tiraient de mon sommeil. Mais, quand maître Sangboutza fut de retour, je n'osai rien lui dire.

"Maître Sangboutza portait bien ses cinquante ans. Il avait le dos légèrement voûté, mais il était encore solide. Ses cheveux frisés où il aimait nouer un écheveau de soie pourpre lui descendaient jusqu'aux épaules. Ses prunelles étaient noir corbeau. C'était un homme porté sur les femmes plutôt que sur la boisson. Il se permettait des privautés avec celles qui se faisaient faire des bijoux. Si une femme lui plaisait, il lui arrivait de lui fournir gratuitement l'argent de ses boucles d'oreilles ou de son épingle à cheveux espérant quelque faveur en retour. Quand il accrochait un talisman au cou d'une cliente, quand il lui passait un bracelet, il l'attirait parfois contre lui et lui écartait les jupes.

"Le moule en argile du *chörten* n'était pas encore tout à fait sec quand je couchai avec Koula Djouli pour la première fois. Le maître passait alors tout son temps enfermé dans une pièce à graver les bodhisattvas sur l'or de la flèche. La nuit, des *dzabas* veillaient sur lui. Seuls Koula Djouli et le *ounié*, l'économe du monastère, étaient autorisés à pénétrer dans cette pièce. J'étais chargé de diriger les équipes de maçons et de forgerons qui travaillaient sur le chantier extérieur. Cette nuit-là, je ne tremblai pas. Je souris en la regardant dérouler son sari. Je collai ma bouche contre son corps comme un nourrisson. J'étais comme ivre. Après cela, nous ne pûmes plus nous passer l'un de l'autre. Dès la tombée de la nuit, j'avais envie d'elle. Je me faufilais dans sa chambre attiré par son odeur. Pendant la journée, son odeur m'indiquait si elle se trouvait auprès de maître Sangboutza ou dans sa chambre. Ce matin-là, elle partit de très bonne heure acheter de la poudre rouge et de l'huile à Nyelam. Dans l'après-midi, je perçus son odeur : elle était sur le chemin du retour. Je lâchai aussitôt ma lime et je me dirigeai à grands pas vers l'autre versant de la montagne. Je la rejoignis à mi-pente. Elle s'allongea fébrilement et ouvrit son sari. C'est là que maître Sangboutza nous surprit en train de forniquer à même la terre. Il nous sépara à grands coups de pied puis il s'empara d'un bâton et se mit à battre Koula Djouli à coups redoublés.

"Dans les jours qui suivirent, la femme de maître Sangboutza et moi n'osions même plus nous regarder. Nous étions à l'affût d'un moment propice.

"Le temps passa ainsi jusqu'au jour où Koula Djouli, pâle, l'air hagard, fit irruption dans ma chambre. Elle m'annonça que Sangboutza l'avait abandonnée.

"Maître Sangboutza était bel et bien parti. Découvrant par la suite qu'il manquait une importante quantité d'or au monastère, on supposa qu'il l'avait emportée. On me confia la responsabilité de l'ensemble du chantier. Les lamas me faisaient surveiller de crainte que je ne m'en aille à mon tour. Je m'installai avec Koula Djouli. Elle était très affectueuse avec moi. Elle me parlait de son pays natal, elle voulait m'emmener là-bas pour célébrer notre «mariage factice». Le Népal lui manquait. Elle rêvait souvent à son «mariage véritable», cette cérémonie de son enfance au cours de laquelle on l'avait mariée au fruit de l'arbre *bel*, son «époux véritable». Elle me laissa voir ce fruit qu'elle gardait enveloppé comme un trésor. «C'est un dieu, m'expliqua-t-elle, avec lui je ne crains personne.» Elle me disait encore que, là-bas, il faudrait faire tirer mon horoscope. «Si nos destinées sont contraires, nous devrons nous séparer. Ma famille s'était opposée à mon mariage avec Sangboutza de Dégué parce que nos horoscopes ne concordaient pas. Mais je me suis enfuie avec lui.»

“La construction du *chörten* s’acheva environ dix jours plus tard.

“Nous étions à la veille du départ, nos paquets étaient prêts. Ce soir-là, Koula Djouli me dit qu’elle connaissait le mécanisme qui permettait de démonter la flèche d’or. «Je suis souvent entrée dans la pièce où Sangboutza fabriquait la flèche pour le regarder travailler. Il y a une clé en or cachée au cœur du *mandala* sous l’Avalokiteshvara aux Mille Bras. Le mécanisme qui permet d’ouvrir la porte de la cache est sous le *vajra* Raksa. Pour atteindre la clé, il suffit de prononcer le *mantra* secret : «*Aum vajra ra ksaya !*» en prenant la statue dans sa main. L’abbé du monastère, le *khenpo* de Guér, est le seul à en connaître le secret.»

“Après mûre réflexion je lui déconseillai de prendre un tel risque. Si les lamas venaient à nous surprendre, ils nous empêcheraient de partir, ils pouvaient même aller jusqu’à nous tuer. Il devait être une heure ou deux heures du matin quand elle me quitta.

“A l’aube on enfonça la porte de ma chambre pour m’annoncer que Koula Djouli était coincée en haut du *chörten.* Tous les occupants du monastère affluèrent vers le sommet de la montagne. Il avait fallu qu’elle mette son plan à exécution ! Elle avait démonté la flèche d’or. Mais le piton de cuivre s’était fiché profondément entre ses cuisses. Cette tige de métal suivait toutes les contorsions qu’elle faisait pour se dégager et enflait sans cesse, elle se cala en elle, lui interdisant tout mouvement.

“La flèche d'or avait atterri sur la terrasse du quatrième étage. Les lamas étaient terrifiés. J'allai chercher une échelle pour me porter au secours de Koula Djouli. Mais, dès que je l'appuyai contre le *chörten*, elle prit feu. Je dus reculer précipitamment pour ne pas griller. Le *chörten* brûlait comme du métal en fusion. L'abbé arriva à son tour. Il envoya des hommes récupérer la flèche d'or avec des perches. Puis, il fit dire un rituel d'exorcisme. Un orage s'abattit aussitôt sur le *chörten* qui disparut derrière un écran de fumée. Mais la chaleur redoubla, les gouttes de pluie éclataient comme le tonnerre en touchant le métal. C'était terrifiant. La fumée ne se dissipa qu'au bout de plusieurs jours. Koula Djouli était toujours là-haut. Morte. On sentait encore l'odeur qui émanait de son corps. Je voulus m'en aller avec les lamas de Guér. Le *khenpo* Dorjé Podjo nous dit que le site était un œil du Roi-dragon de la Mer et, par conséquent, impropre à la construction du sanctuaire. Il aurait fallu le bâtir de l'autre côté de la rivière, au pied de la montagne.

“Je fus incapable de redescendre avec les autres. Je perdais l'équilibre dès que je m'écartais de l'odeur de Koula Djouli. Après le départ des lamas, je m'installai dans la plus grande des habitations du monastère afin de rester près d'elle. La nuit, je l'entendais gémir et râler comme quand elle faisait l'amour. Son corps mit deux ans à sécher. Elle tournait au vent comme une girouette et s'arrêtait toujours les yeux fixés sur le Népal, indiquant la route qui passe entre les déesses Chomo-langma et Shisha-pangma. Plus tard, le visage de Koula Djouli prit la blancheur de la neige. Ses cheveux me semblaient encore plus noirs et plus luisants. Un beau jour elle quitta la pointe du *chörten* et elle tomba en tourbillonnant comme une feuille de papier. Je la roulai sur elle-même et je pus redescendre."

"La voilà", dit-il pour conclure, en indiquant le mur derrière lui.

Je bondis sur mes pieds. Le manque d'oxygène me fit d'abord voir des étincelles. Mon vertige dissipé, je m'approchai du mur. Au toucher, c'était à peu près aussi dur que du cuir de mouton, mais les cheveux étaient soyeux. Je craquai une allumette et je découvris une cavité ronde sous la toison de poils noirs entre les cuisses. Plus tard, le secrétaire de l'administration du canton me dit que le vieil orfèvre n'aimait pas qu'on allumât du feu.

Le lendemain matin, je montai au sommet. Comme je l'ai raconté plus haut, je constatai qu'il ne restait plus du *chörten* qu'un tas de pierres.

En quittant le village, je remarquai la poussière de mes pas toujours en suspension dans l'air. Des jeunes femmes descendaient la pente, un chargement de pierres sur le dos. Elles marchaient lentement, s'arrêtant au bout de quelques pas pour reprendre leur souffle. Elles se tournaient alors vers moi et me souriaient. Je reconnus la jeune femme qui avait surgi par un trou sous l'un des toits de pierre pour se coiffer devant moi. Elle avait une poitrine généreuse. Une épingle de sûreté remplaçait le deuxième bouton de son corsage, maintenant les bords du tissu hermétiquement clos et gardant fidèlement la chair de cette femme...

LA MENDIANTE DE SHIGATZE
OU LE CHARENÇON

Des nuages blancs vinrent s'enrouler en écheveau devant le soleil qui se teintait de rouge : je tenais mes "nuées pourpres dans le couchant". J'examinai le reste du décor. Il n'y avait malheureusement pas de neige sur les sommets de l'est et les montagnes qui m'entouraient n'étaient pas assez découpées.

J'allais devoir traverser la chaîne.

L'ouest du Tchang Tang avec ses lacs innombrables est le paradis des chasseurs d'images qui courent la steppe, mais l'on se perd dans les méandres des ruisseaux et des rivières. Quand j'atteignis la ligne de crête, le soleil disparaissait à l'horizon. Les derniers reflets de lumière dans le ciel me permirent de faire brièvement le point de la situation : derrière moi, le noir ; devant moi, la steppe obscure. Pas la moindre lueur. J'allais encore passer cette nuit à la belle étoile. Inutile de m'entêter à chercher un campement. Je m'assis donc dans un coin bien exposé au vent.

Les biscuits achetés à Pongok étaient épuisés. J'extirpai de la poche de mon anorak deux morceaux d'un fromage dur comme du caillou que j'avais volés sur le marché : un fromage tellement acide que j'avais failli le jeter à la première bouchée. Mais, en le laissant ramollir un long moment dans la bouche, on retrouvait le goût familier du lait maternel.

Je déroulai mon sac de couchage et je m'y glissai sans même ôter mes chaussures avant que ne se lève le vent du soir. Le regard perdu dans les étoiles, je m'abandonnai à une réflexion sur "la vie". A cet égard, les Tibétains n'éprouvent pas de tristesse devant la mort qui, selon eux, est une affaire de changement de monde. J'ai cependant du mal à comprendre le pourquoi de ces déambulations incessantes autour des temples, à l'intérieur ou à l'extérieur ; ces gens qui se jettent à terre de temps à autre en frappant le sol de leur front. D'où leur vient cette terrible crainte du châtiment ?

La faim me tenaillait. Cherchant à s'échapper, des gaz gargouillaient dans mon ventre vide avant de se frayer un chemin à travers mes intestins.

Je me tournai sur le côté : dans cette position mon estomac me faisait moins souffrir. D'autres nuits passées à la belle étoile m'avaient appris à me soucier de la direction du vent. Cette fois, le vent portait mon odeur vers l'ouest où la rivière qui barrait le plateau empêcherait les loups de passer. Sentant le sommeil me gagner, je sortis mon couteau de mon sac et je l'attachai à mon poignet.

Je n'étais pas tranquille. Qui sait si un yack sauvage n'allait pas me piétiner, un chien emporter mon sac à dos ? Un loup s'approchant sans bruit viendrait planter ses crocs dans mon cou maigre comme un os. Et des diables affamés, sortis tout droit de leur enfer, surgiraient autour de moi pour me grignoter les oreilles, le nez et les membres comme on croque un radis.

Enfin, mes pensées se tournèrent vers les femmes. J'évoquai la chaleur enfouie dans leur soutien-gorge. Je crois bien qu'en cet instant il m'aurait suffi de caresser le sein d'une femme pour mourir sans regret.

J'aperçus alors une lueur ténue mais persistante dans la direction d'où j'étais venu, légèrement sur la gauche. Je pris mon appareil-photo et j'ajustai mon zoom au jugé sur une distance moyenne. La lumière dessinait une tache ronde comme à travers la cheminée d'aération d'une tente. Je me glissai hors de mon sac de couchage. Je dus marcher deux heures dans l'obscurité avant de trouver la tente. Je fis du bruit, et, ne voyant pas bondir de chien, je soulevai le pan de feutre masquant l'ouverture. Un vieil homme se tenait immobile près du feu. Je le saluai en tibétain. Il se tourna vers moi, mais, les yeux sans doute encore éblouis par la contemplation des flammes, il ne vit pas qui j'étais. Ce n'est que lorsque je m'assis près du feu qu'il s'aperçut que j'étais chinois. Il me sourit et me demanda en chinois d'où je venais.

— Je descends de la montagne... Je cherche de beaux nuages au coucher du soleil pour mes photos... Hier j'étais dans le canton de Tolba.

— Des photos... J'ai déjà vu des appareils-photo quand je travaillais à la lamasserie de Sera. Je réparais les bouddhas en bronze. Tous les jours on voyait des gens venus de loin et des étrangers de passage. C'est là-bas que j'ai appris le peu de chinois que je connais.

Je me débarrassai de mon sac à dos et jetai un coup d'œil rapide autour de moi. La tente ne contenait aucun meuble. Les pierres du foyer étaient calcinées, indiquant que de multiples voyageurs étaient venus établir leur campement en cet endroit. Celui-là avait dû s'installer ici le jour même ou tout au plus la veille.

Je me demandai s'il lui restait quelque chose à manger. Mais je ne vis rien d'autre que les vieilles peaux de mouton qui lui servaient de coussin, des sacoches de selle et une bassine en aluminium. Je lui posai donc ouvertement la question. Il n'avait rien à m'offrir. Je tendis mes mains au-dessus des flammes. Il rassembla en tas devant lui quelques bouses de yacks aplaties comme des galettes, des touffes d'armoise fraîchement arrachée et des racines humides de saules nains. Il entreprit ensuite de me faire la conversation. Mais j'avais trop faim pour lui donner la réplique. Enfin, il se leva, renoua sa ceinture et sortit. J'étalai mon sac de couchage et, ramenant sous moi une de ses peaux de mouton, je me préparai à dormir.

Dans un demi-sommeil, je perçus des bruits étranges. Des sabots furieux martelaient la terre non loin de ma tête. Pris de panique, je saisis mon poignard et je me précipitai hors de la tente. Il était revenu, traînant un yack qu'il maintenait par une corne et par les naseaux. Le yack faisait des efforts désespérés pour se dégager. Je m'apprêtai à lui prêter main-forte mais, d'une voix sourde, il m'intima l'ordre de rester où j'étais. Il parvint à coincer la tête de l'animal puis il tira un couteau de sa ceinture et le lui plongea dans le cou. Il se décoiffa pour recueillir le sang dans son chapeau. Le yack se débattit de plus belle. Il desserra sa prise et écarta l'animal d'une bourrade. Le yack disparut en chancelant dans la nuit.

Le vieil homme revint sous la tente.

— Bois ! dit-il en me tendant son chapeau débordant de sang.

Il regagna son coussin de vieilles peaux de mouton et alluma une cigarette en suçant ses doigts dégoulinants. Je posai le chapeau par terre et regardai la vapeur et l'écume se résorber petit à petit. Je n'avais plus envie de dormir. Je me mis à bavarder avec mon hôte en attendant que le sang coagule.

C'était un pasteur du canton de Djiwa qui avait quitté sa région natale depuis plus de six mois. Il avait vendu ses yacks et ses moutons puis était parti en pèlerinage à Shigatze où il avait fait don de sa fortune à la lamasserie de Tashilumpo.

Comme je me souciai de ses moyens de subsistance il me dit que la question lui importait peu. Seul comptait ce pèlerinage qu'il venait d'entreprendre pour se laver de ses fautes au lac Mafam dans le Kang Tisé. Au bout d'un moment, il ajouta qu'il avait une fille.

— Elle ne voyage pas avec toi ? Où est-elle ?

Au lieu de me répondre, il fouilla la tente du regard. Il avait sans doute envie d'alcool, je lui jetai une cigarette.

Quand il eut fini son récit, le visage d'une jeune femme émergea de mes souvenirs, mais je choisis de m'en aller sans rien lui dire : je ne voulais pas être mêlé à ses histoires et j'avais peur qu'il ne devînt fou en découvrant ce qu'était devenu sa fille.

Voici donc son histoire, dépouillée de tout ce qui ne touche pas à l'essentiel.

— ... Après avoir vendu tout mon troupeau, j'allai prier Bouddha à Tashilumpo. J'appelai la protection de Bouddha sur ma fille. Je demandai à Bouddha de lui donner la paix. J'appelai sur moi la protection de Bouddha. Je demandai de pouvoir retrouver ma fille au ciel après ma mort. Je demandai d'atteindre la Demeure de Samvara sans encombre et de faire mes quarante-neuf tours puis de monter au ciel... Tout est de ma faute.

J'ai tété ma mère jusqu'à l'âge de quatorze ans. Son lait ne s'était pas tari. Mon père avait été tué pendant le soulèvement contre les Chinois. Dans nos steppes il n'y a pas grand monde, tu verras quand tu y arriveras. A seize ans, j'ai couché avec ma mère. J'avais pourtant l'occasion de fréquenter d'autres femmes quand j'allais au chef-lieu du canton, chaque année pour la fête du Festin du Yaourt ou bien pour faire tondre mes moutons. Mais mes sentiments n'étaient pas clairs. Et puis, je ne pouvais pas me passer de ma mère. Ça la faisait pleurer des fois, mais je n'y pouvais rien, elle non plus. J'étais son homme, elle m'avait élevé. Après la mort de mon père, elle ne s'est plus occupée que de moi. Elle n'a jamais eu d'autre homme, pas même un berger de passage.

Un jour où je me trouvais à Djiwa, j'appris que la lamasserie de Sera allait faire restaurer ses bouddhas en bronze. C'était l'occasion de quitter ma mère et de me rendre à Lhassa.

A l'époque, ma fille avait déjà neuf ans. Qu'aurait-elle fait si elle avait su que sa mère était également la mienne ?

Loin de Djiwa, bien des choses devinrent plus claires dans mon esprit. Les autres ignoraient tout de mes fautes. Après le travail, je me prosternais en frappant le sol du front à l'entrée de la grande salle de prière pour purifier mon âme.

Mais comme j'avais pris l'habitude de sucer le sein de ma mère, pendant les années que j'ai passées loin d'elle, je me mis à ronger mes doigts jusqu'au sang.

A ces mots, je revis l'air avide de nourrisson goulu qu'il avait en suçant le sang de yack sur ses doigts. Son visage buriné était effrayant. Tout son être me répugnait : ses paquets de cheveux liés par un bout de fil rouge ; le battement des veines de ses tempes dans le reflet rouge des flammes ; la mèche défaite lui balayant sans arrêt le visage tandis qu'il parlait ; ses bras tendus et sa tête dodelinante.

— Au bout de cinq ans, pensant que mes fautes étaient rachetées, je rentrai chez moi. Ma fille Madjium avait treize ans. Je lui rapportai des vêtements et des bottes.

A treize ans, Madjium cousait déjà elle-même ses *bangdiens*. Parfois, elle posait la tête contre ma poitrine pour que je la coiffe à la mode de la ville. Moins de deux ans plus tard, Madjium était devenue une femme. Elle avait les mêmes seins et le même cou que sa mère. Tu l'ignores peut-être, mais chez nous, les hommes et les femmes se mettent torse nu l'après-midi.

Je connaissais cette coutume et je m'intéressais surtout au sort de la mère.

— Elle est morte durant la deuxième année qui suivit mon retour.

Quand Madjium et moi chevauchions côte à côte pour rassembler les yacks, je me sentais remué jusqu'aux tripes en voyant ses seins sauter au rythme du galop de son cheval. Un jour, n'y tenant plus, j'attrapai une brebis et je suçai avidement ses pis devant ma fille. Elle n'enleva plus sa chemise et ne vint plus dormir contre moi. Moi, je me mis à boire. Mon vice m'avait repris.

L'été dernier, un certain Toubou, un marchand de peaux de léopards et d'objets anciens, se présenta chez nous. Il était instruit et savait même parler chinois. Il racontait qu'il avait travaillé comme employé à Lhassa. Tu parles ! Un beau salaud, oui. Que le diable l'emporte ! Il colportait toutes sortes de choses dont les pasteurs ont grand besoin : des marmites d'aluminium, des gourdes en plastique, du fil à broder...

— Bref ! Il a jeté son dévolu sur ta fille ?

— Il a tout simplement posé ses couvertures à la place où dormait Madjium, et la nuit même il a couché avec elle.

En entendant Madjium pousser de petits gémissements j'avais le cœur gros. Mais je me disais qu'il valait mieux pour moi que Toubou l'épouse. Je recommençai à me manger les doigts.

Toubou resta un peu plus de dix jours chez nous, Madjium lui faisait la cuisine et lui servait à boire comme à un époux. Toubou lui offrit deux barrettes et une paire de bracelets en plastique. Tout le temps qu'il est resté chez nous, j'allais m'occuper de mes bêtes chaque jour pour leur laisser la tente. Mais Toubou commença à devenir mauvais. A-t-on jamais vu un homme de moins de trente ans qui se permet de rudoyer une femme comme un vieillard ? Si elle n'avait pas été amoureuse de lui, je lui aurais flanqué une de ces corrections !

Leur départ était prévu pour le lendemain. Ce soir-là, je me suis soûlé. Je n'aurais jamais dû tant boire.

Le vieil homme s'excitait, en parlant il me regardait droit dans les yeux.

Le sang de yack était enfin caillé. Je le démoulai dans le creux de ma main et lui rendis son chapeau. Je partageai le sang caillé avec lui. Il prit sa part sans même la regarder et, de ses doigts tremblants, enfourna tout droit les morceaux dans sa bouche. Il me faisait pitié.

— En fait, reprit-il soudain en redressant la tête pour me regarder, c'est Toubou qui m'a fait boire.

Je compris aussitôt qu'il mentait et je baissai les yeux. Le reflet de la flamme dansait sur la tranche de sang au creux de ma main. Ma lame envoya un éclair sur le visage du vieil homme.

— Toubou était peut-être soûl, lui aussi. Quand je pense que je lui ai recommandé de prendre bien soin de mon enfant. Je lui ai même raconté tout le mal que je m'étais donné pour l'élever. Il me promit d'être un bon mari.

Ensuite, il m'appela "papa". Cela me détendit et je lui confiai que j'avais eu Madjium avec ma mère. Madjium poussa un cri, je m'en souviens très bien. Elle dit à Toubou que je divaguais. Mais lui, il prenait la chose à la rigolade. Il me remplit un autre verre. C'est alors que je me mis à faire le con. Je demandai à Toubou de me laisser Madjium pour la nuit. Il accepta. Madjium, elle, me roua de coups de poing. J'entends encore Toubou lui dire : "Si tu ne couches pas avec ton père, je ne t'emmène pas avec moi."

Madjium en est restée abasourdie, comme pétrifiée.

Le lendemain matin, j'avais dessoûlé, je me réveillai couché sur Madjium. Son sein gauche tuméfié portait la marque de mes dents. En une nuit, j'avais déchargé en elle tout le foutre que je retenais depuis des années. Je crus d'abord à un rêve. Je sortis pisser et je revins sous la tente complètement réveillé. Madjium se protégeait le bas du ventre avec ses vêtements. Je tournai les talons, je sautai sur mon cheval et je m'enfuis.

Quand les premières gelées matinales tombèrent sur les pâturages, je conduisis mes moutons à Tchala. Je savais bien qu'elle ne voudrait plus d'un père comme moi mais je voulais la retrouver malgré tout. Je cherchai à me renseigner auprès des habitants de Tchala mais mon histoire n'évoquait rien à personne. Plus tard, le patron d'un relais routier me dit qu'il avait vu passer un marchand de fourrures accompagné d'une femme. Il me demanda si la femme que je cherchais portait dans les cheveux une épingle d'argent ornée de turquoises ; si elle avait le visage rond et les paupières légèrement gonflées.

"Je m'en souviens très bien, le marchand maltraitait la femme. Il avait l'accent de Shigatze."

Alors, je vendis mon troupeau et je partis pour Shigatze. Là-bas, je n'osai pas parler de ma fille. On m'indiqua plusieurs Toubou. Je tombai un beau jour sur un marchand de fourrures qui connaissait le Toubou que je cherchais. Mais ce dernier était parti en tournée acheter des peaux.

Je retrouvai la maison de Toubou à une dizaine de kilomètres de la ville, au bord de la route de Shigatze. Ma fille n'y était pas. Je dis à la mère de Toubou que je venais du pays de Madjium et que j'étais chargé d'un message pour elle.

"Cette saleté ! s'écria la vieille femme. Je l'ai flanquée à la porte y a belle lurette. Pas de salope chez moi. *Aum ! A ! Rucika Saha !* Bouddha de Miséricorde ! Expédie-moi ça en enfer vite fait !"

Je regagnai Tashilumpo. Là, je tournai autour du monastère plusieurs jours d'affilée. Les pèlerins me racontèrent l'histoire d'une jeune femme qui n'avait pas encore vingt ans et qui s'était fait bousiller par une bande de débauchés du coin. Elle se nourrissait de miettes que lui abandonnaient les pèlerins. Ils avaient entendu dire qu'elle venait des régions d'élevage de Djiwa. A la fin, son sexe empestait tellement qu'aucun homme n'aurait voulu coucher avec elle.

En faisant ce récit, les plus âgés maudissaient le père de la jeune femme. Je me sentais horriblement coupable. Chaque jour je me prosternai en frappant le sol de mon front pour racheter ma faute. Je suppliai Bouddha dans sa grande compassion de me permettre de retrouver mon enfant.

L'homme parla encore longtemps mais ce qu'il dit se résume en quelques mots : il n'aspirait plus qu'à la mort. Il avait entendu dire qu'on revenait rarement d'un pèlerinage dans le Kang Tisé et que plus on tournait meilleure était la place qu'on occupait au ciel. Il ne voyait aucun intérêt à revenir vivant de ce pèlerinage.

L'aube blanchissait à la cheminée d'aération de la tente.

Je croquai des gousses d'ail pour chasser les relents de sang caillé qui me remontaient dans la bouche. J'avais sommeil. Il était étendu sur ses peaux de mouton, la tête posée sur la bassine en aluminium comme sur un oreiller. Il marmonnait le *mantra en Six Syllabes*, exhalant son haleine fétide dans toute la tente.

Je songeais à la jeune femme aperçue dans la rue Hexagonale : son visage rond aux pommettes rougies par la morsure des vents du haut plateau ; dans ses cheveux hirsutes comme un balai de queues de yacks, je n'avais pas vu de turquoise. Elle passait souvent la main sur son visage pour en écarter les mèches. Quand elle sentait qu'on l'observait, elle relevait brusquement la tête et adressait un sourire aux gens qui venaient vers elle. Elle tirait la langue à ceux qui restaient plantés devant elle sans lui jeter d'aumône. Elle avait des poches sous les yeux mais son sourire clair colorait et vivifiait ses lèvres, adoucissant son visage. Le sourire de cette femme du haut plateau était triste, ouvert et dénudé comme la steppe.

Le marché, la foule, la poussière, les cris menaçaient de l'engloutir à chaque instant. Elle s'était mise à l'abri sous l'étalage d'un boucher pour éviter d'être piétinée. Les grimaces qu'elle faisait en levant les yeux au ciel pour mendier avaient creusé des rides sur son front. Quand elle voyait qu'un passant semblait la prendre en pitié, elle attrapait son sein gauche dans sa main, en approchait ses lèvres et se mettait à téter en s'interrompant pour sourire de temps à autre. La pointe de son sein était devenue transparente comme une pustule à force d'être sucée. Les chiens guettant les déchets de viande sous l'étalage se frottaient contre elle.

L'ULTIME ASPERSION

Les massifs montagneux nus et silencieux dans la lumière étalaient leurs plis dans le lointain. A la tombée du jour, l'astre déclinant distilla son sang dans les flancs des monts chauves qui frémirent comme la peau sous la morsure de l'aiguille. Mais déjà, les nuages de pourpre s'enfonçaient derrière les sommets.

Je me mis en route dans les derniers reflets du soleil couchant. Partant à l'assaut de ces montagnes qui se dérobaient comme les murs d'une citadelle, écoutant monter en moi les battements furieux de la vie. Cette vie qui travaillait à me vider, à me laver de toute substance, à me réduire à mon enveloppe charnelle malpropre, à cette chose abattue pestant et se grattant.

Mais, bientôt, je me redressai en souriant et je regagnai la route.

J'avais quitté Kaga depuis deux jours. En sortant du village, j'avais décidé d'abandonner la route et de prendre à travers ces monts chauves avec dans l'idée de découvrir ce que cette garce de vie avait dans le ventre, il faut dire que je n'avais strictement rien d'autre à faire. Après avoir tourné en rond une journée entière, j'étais désemparé, vaincu et je pleurai de dépit comme un môme.

Nous autres artistes sommes tous sujets à ce genre de convulsions.

Mythes et légendes fleurissent sur la terre pétrie de religion du haut plateau. L'homme moderne, l'homme civilisé incapable de se délivrer de l'illusion des sens pour atteindre la sagesse ne peut se soustraire à certaines souffrances.

Si je couche cette histoire sur le papier c'est que j'espère bien l'oublier...

Ils trouvèrent l'enfant neuf jours après la mort du *toulkou* Dantseng Wangdoué. Cela faisait neuf jours qu'elle était au monde. Les yeux écarquillés, elle observait les gens et les choses qui l'entouraient. La maison était construite en briquettes de terre mélangée à de la paille. La flamme d'une lampe à beurre éclairait les seins de la mère et les lambeaux multicolores de son *deboudchué*. Elle était née dans une famille pauvre. La mère entendant des pas au-dehors enfouit son enfant dans un pan de sa robe en peau de vache. Les nouveaux venus se massèrent dans l'embrasure de la porte tel un troupeau de bêtes sombres. La mère, impressionnée par le haut rang de ses visiteurs, un groupe de moines du monastère de Danba conduit par leur *sionglaiba*, se leva pour les accueillir.

— J'ai entendu dire que ton enfant était né il y a neuf jours, dit le *sionglaiba* Solang Tzémo.

— C'est vrai.

Ainsi, le *toulkou* s'était réincarné en ces lieux. Solang Tzémo envoya sur-le-champ quelqu'un porter la nouvelle au monastère et les autres lamas joignirent les mains et commencèrent à réciter les paroles rituelles.

— Est-ce un garçon ou une fille ?

— Une fille.

— Comment s'appelle-t-elle ?

— Sangsang Dolma.

— Elle s'appellera désormais Sangsang Dzassi.

Dans cette demeure misérable, les moines célébrèrent les rites solennels de la cérémonie de réincarnation du *toulkou*. Puis, Sangsang Dzassi et sa famille furent installés entre les murs du monastère de Danba.

Sangsang a maintenant quinze ans, elle a terminé l'étude des Cinq Grandes Disciplines et elle parachève sa connaissance de *manjenba*, la médecine traditionnelle. Pour la première fois, elle est sortie du monastère pour se rendre au collège de médecine, à une heure de marche de Danba. Depuis quelques mois, elle ne laisse personne l'accompagner au collège. Elle a besoin d'être seule pour réfléchir à ce trouble ineffable qui la perturbe depuis un certain temps. Cela fait donc quinze ans qu'elle se consacre tout entière à l'apprentissage de la lecture, à la mémorisation des *tantras*, et à la pratique du *yoga*. En fait, elle parcourt souvent la première moitié de ce chemin qui la tourmente même dans son sommeil. La porte de sa cellule donne sur un sentier empierré qui zigzague entre les habitations des moines des différents collèges. Le sentier forme un coude un peu plus bas, à la hauteur d'un grand mur rouge, le mur d'enceinte de la salle de prière, où se dressent Çakyamuni et les Seize Grands Bodhisattvas. Là, les fidèles font virevolter leur moulin à prières. Sur ce sentier, Dzassi rencontre souvent une vieille femme qui marche depuis plus de vingt ans autour du monastère en agitant son moulin à prières et qui, en l'apercevant, ne manque jamais de se jeter à plat ventre et de frapper le sol du front à n'en plus finir. En face du mur rouge, devant la porte d'entrée de l'appartement du *gué-guoué*, l'habituelle troupe de chiens, qui se poursuivent ou s'accouplent tour à tour. Un peu plus loin, sur la droite, on aperçoit une rue qui monte au monastère : noire de pèlerins pendant la fête de l'Exposition du Grand *Thangka*, c'est, le reste du temps, le domaine des marchands qui plantent là leurs tentes, le refuge des mendiants et des graveurs sur pierre qui élèvent de méchants abris de pierraille entre les étals et les murs des bâtisses. Dzassi vient souvent dans cette rue, elle a l'habitude d'acheter des bracelets et des boucles d'oreilles à un marchand indien. Le chemin du collège de médecine est celui qui prend à sa gauche au carrefour. Un chemin qui court entre des champs de pois et de sarrasin. Entre les bosquets de saules nains au bord du chemin foisonne la passerage. A l'aube, l'air embaume les compagnons blancs. Dzassi aime à s'arrêter au carrefour. Là, elle se retourne pour regarder Danba : au milieu de la pente, pur, immaculé, le mur d'exposition du Grand *Thangka* dominant le monastère de toute sa hauteur. Les jours de grand vent, elle perçoit le claquement des bannières de prière qui flottent sur les toits de la centaine de sanctuaires accrochés à flanc de montagne. Poursuivant sa route, elle atteint le petit torrent qui se précipite au loin dans les eaux argentées de la Nantchou. Le collège de médecine se trouve sur la rive opposée de la rivière.

Sur ce chemin, Dzassi oublie qu'elle est la réincarnation de Dantseng Wangdoué. Elle oublie qu'elle est un *toulkou.* Elle sait qu'elle n'est pas un homme. Elle s'étourdit à respirer les odeurs de la terre. Immobile sur le pont de bois, au pied des monts chauves, elle se plaît à regarder les algues danser dans les tourbillons de la Nantchou.

L'aspersion par le *dorje* doit avoir lieu le lendemain. Cette cérémonie solennelle, *Abishekha* la dernière aspersion de son corps, allait permettre à Dzassi de s'identifier au Thathagta, Celui-qui-est-ainsi-venu, tandis que Opame, le bouddha des Paradis occidentaux dominerait en elle l'avidité sexuelle et l'envie.

C'est l'automne. D'interminables processions de laïcs descendent de la montagne pour se joindre à la cérémonie de l'Identification au *toulkou*, qui se tiendra après l'Ultime Aspersion, suivie de la répartition des offrandes entre les pèlerins. Mais Dzassi, complètement étrangère à ce qui va advenir d'elle, ne rêve que d'être seule et s'abîme dans d'autres pensées.

Dzassi se trouve à nouveau aujourd'hui dans le collège de médecine. Au centre de la salle principale, immense et vide, un cadavre est exposé. Le maître va faire un cours sur l'emplacement des souffles, des centres vitaux et des artères dans le corps humain, un sujet qui justement la passionne. Avant d'entamer la dissection, il prépare l'autel, assisté d'un *dzaba*. Puis, il ouvre la poitrine du mort, vide le corps des "cinq viscères" et des "six réceptacles" et les place en offrande sur l'autel. Ensuite, il isole le cœur pour montrer "l'œil du cœur" à ses disciples. La puanteur qui imprègne l'air est telle que Dzassi est prise de nausées. Elle est l'unique femme parmi quelques dizaines d'élèves, mais avec son crâne rasé rien ne la distingue de ses condisciples. A côté d'elle se tient Guelié Pantchué, qui, comme les autres, n'a d'yeux et d'attention que pour le maître. Pantchué est un *guéshé* de la lamasserie de Baïlang, dont les connaissances s'étendent au *"Foudre-diamant de la Roue du Temps"*, et qui est venu se parfaire à Danba. Dzassi a pris l'habitude de se tenir près de lui pendant les cours.

"Fermez les yeux, ordonne le maître. Mettez-vous en relation avec mon mental par la transe."

Au bout d'un moment quatre lamas prennent la parole les uns après les autres pour relater leur vision.

"A vous, Sangsang Dzassi."

C'est la plus jeune des élèves du collège de médecine, mais c'est un *toulkou*. Elle se concentre immédiatement. Cependant, comme elle ne s'exerce au *yoga* que depuis six ans, "l'œil du cœur" ne lui donne qu'une vision trouble des choses.

Elle récite un *mantra* pour stabiliser son *yidam*, saisir son dieu tutélaire, et reprendre la maîtrise de "l'artère du cœur", affermir le lien mental qui la relie à son maître. Mais la visualisation reste opaque tandis qu'une bouffée de chaleur embrase ses orteils. La brûlure remonte le long de sa jambe jusqu'à "l'œil du cœur". Elle récite en toute hâte le *mantra de la Purification du karma* afin d'équilibrer les pouvoirs de sa conscience. Peu à peu, elle voit se matérialiser dans la pensée du maître une rivière prise par les glaces. Au moment où, se déconcentrant, elle reprend contact avec le monde de la perception, elle se découvre soudain toute nue au milieu de la rivière. Elle se recueille et rapporte sa vision au maître.

"C'est justement là ce que, moi, j'ai vu en vous, répond-il. L'œil qui voit l'avenir n'est pas «l'œil du cœur»."

Sur ces mots, il enfonce son scalpel dans la tempe du cadavre et pénètre à l'intérieur du crâne. Abandonnant Sangsang à son désarroi :

"Le maître ne m'a pas dit pourquoi je me trouvais dans cette rivière. Est-ce là mon avenir ?"

Sa nudité l'étonne mais son apparence la trouble encore davantage. Dans sa vision elle ressemblait aux *kandhomas* des peintures religieuses.

Le maître détache maintenant un cartilage d'un point situé au-dessous de l'hypophyse. "Voilà l'œil qui voit l'avenir, dit-il. Quand vous serez passés maîtres dans l'art du *yoga*, vous pourrez grâce à cet œil voir toutes les maladies à l'état latent chez les hommes ainsi que les démons qui nous entourent. Tout à l'heure, j'ai vu Sangsang Dzassi dans les glaces. Telle sera en effet sa place dans les «six plans de vie» et l'épreuve qu'elle devra subir pour affronter les «trois causes de la souffrance», ainsi qu'en décidera dans quelques jours la configuration des étoiles et des planètes de son horoscope. Ecoutez bien ! Sangsang Dzassi. Votre maîtrise du *yoga* vous permet de passer trois jours dans l'eau glacée et d'en sortir indemne."

Dzassi sent son esprit qui chavire. Certes, elle est capable de rester dans la neige par le froid le plus intense sans ressentir la morsure du gel. Mais cette rivière lui est étrangère, elle ne l'a jamais vue que de loin dans la montagne. Que peut-on ressentir quand on est saisi par l'eau glacée ? Par ailleurs, elle sait qu'elle n'a pas fait naître elle-même, par l'exercice du *yoga*, cette chaleur qui lui a embrasé les orteils. Elle promène son regard sur ses compagnons et voit en effet un anneau de lumière qui court dans les cheveux de Pantchué. Elle lui sourit, elle vient de comprendre qu'il a surpassé le maître dans la pratique du *yoga* et qu'elle est la première personne à qui il se manifeste.

"Cet homme, reprend le maître en élevant entre ses mains le cartilage qu'il vient d'extraire, a vécu dans l'ignorance, dans le chaos. Aussi l'os que vous voyez est-il de couleur jaune. Chez vous, si votre pratique du *yoga* vous mène à la transe, cet os deviendra transparent. Car c'est ici qu'aboutissent la pratique de la méditation, la culture des émotions et l'exercice des pouvoirs occultes, et c'est par là que vous arriverez à la claire vision des terres du Bouddha, à l'illumination, et que vous discernerez l'essence et l'esprit des choses."

Le maître prélève maintenant un œil sur le cadavre et le perce d'un coup de scalpel.

"Les laïcs regardent le monde à travers cet œil", dit-il, montrant l'humeur vitrée qui s'en échappe. "La nature de cet œil est impure, et les laïcs, troublés par les cinq poisons, sont incapables d'épurer leur conscience des choses."

Le regard de Dzassi reste fixé sur le corps mutilé... "Un homme d'âge mûr... Il a de grandes dents blanches... Des mouches volent autour de ses viscères."

L'après-midi de ce même jour, Sangsang se retrouve seule dans sa cellule. Elle est allée voir sa mère qui est gravement malade. Elle a essayé sur elle les connaissances qu'elle a acquises au collège de médecine, mais en vain. Le mois précédent, elle avait reporté sur un chien certains des esprits malins qui tourmentaient la malade, l'animal était mort sur-le-champ. Le *larang* Tchangtzo enseignait pourtant que chaque chose possède une âme et qu'on ne devait pas opérer à sa guise le report des maladies d'un être vivant sur un autre.

C'est comme si la cérémonie du lendemain, la cérémonie la plus importante depuis la mort du *toulkou* Dantseng Wangdoué, l'Ultime Aspersion, ne la concernait pas. Et pourtant on a suspendu de nouvelles bannières. On a fait venir un artisan pour restaurer les longues trompes de cuivre qui n'avaient pas servi depuis plus de dix ans. Tous les jours, elle entend les lamas qui s'exercent à souffler dans leurs instruments. Les lampes à beurre brillent jour et nuit dans toutes les salles du monastère. Mais, en proie au tumulte intérieur, Dzassi reste immobile devant une lampe, perdue dans ses pensées.

Au centre de la salle de méditation, on a construit le *mandala*, où sont posées les offrandes et les statues des bouddhas. Les cinq viscères du cadavre qui a servi à la dissection sont là, eux aussi ; l'intestin a été lavé et enroulé sur lui-même dans une coupe d'or déposée au nord. Au sud, là où Dzassi devra parfaire ses deux corps, on a étalé des *kadiens* sur plusieurs épaisseurs, sur chacun des côtés du *mandala*, quatre brûleurs d'encens qui distillent déjà leur parfum. Au bas des murs, sous les fresques, on a déployé des tentures rouges et disposé quelques rangées de lampes à beurre.

Cette fois, comme de coutume, c'est Dantseng Wangjé, le *larang* Tchangtzo, qui procédera à l'aspersion par le *dorje*. A l'idée de parfaire ses deux corps avec lui, Dzassi se sent comme sur le point de suffoquer.

... Wangjé ne l'aime pas, il lui en veut sans doute d'être la réincarnation de son frère aîné Wangdoué. Mais c'est un maître dans les arts occultes. Il lui a enseigné les Cinq Grandes Disciplines. C'est lui encore qui l'a aspergée d'eau sacrée lors de l'initiation... Et puis, il y a son front chargé de rides qui se creusent quand il vous regarde. Il y a ses pupilles qui se dilatent et envahissent quasiment l'iris de ses petits yeux... Ce corps colossal...

... Sur les fresques de la salle de méditation, Kye Dorje dans la position de méditation est en train de parfaire ses deux corps, masculin et féminin... "Les jambes passées autour de la taille du Bouddha, c'est à ça qu'elle ressemblera demain... La nudité... La moiteur..." Une émotion intense la bouleverse. Le visage du *larang* Tchangtzo traverse son esprit comme un éclair, il n'a pas l'air de plaisanter. Elle chasse immédiatement ces pensées pour se mettre en méditation. Elle pénètre peu à peu en elle-même, à l'intérieur du souffle du cœur, en récitant le bref *mantra de Çakya Ainsi-Venu*. Elle voit venir à elle trois *kandhomas* qui lui annoncent que Kye Dorje en personne prêtera son corps à la cérémonie du lendemain. La *kandhoma* en robe rouge se retourne et lui adresse un sourire. Son dieu tutélaire, Champai chang, se matérialise alors. Il prend place en face d'elle dans le *mandala*. Elle sent la chaleur monter en elle, comme un feu qui éclate en son cœur. Ses hanches, ses cuisses, ses genoux, ses pieds lui semblent aussi légers qu'une plume. C'est alors qu'apparaît Pantchué. Elle se sent complètement dévêtue. Gagnée par la honte, elle se déconcentre en toute hâte. Dzassi se débat en pleine confusion. Elle fait entrer en son *yidam* les bouddhas des Quatre Orients, mais ne parvient pas à faire un avec eux. Sa tête bourdonne, elle ne peut se soustraire aux bruits extérieurs. Elle doit se déconcentrer une nouvelle fois. Les paroles des *kandhomas* lui hantent l'esprit.

L'odeur de l'huile frite où baignent des *kasaïs* qui lui effleure les narines lui rappelle qu'elle a faim. Elle donne un coup de baguette sur le "poisson de bois", le petit tambour qui lui sert à appeler ses servantes, et réclame un bol de thé au beurre. Elle referme la porte. Il fait maintenant nuit noire, Sangsang contemple le bout calciné de la mèche de la lampe en essayant d'imaginer les événements du lendemain. Elle sera étendue, nue dans cette salle... A cette idée, elle se sent gagnée par la terreur. Elle se met en position de méditation pour chasser ses pensées irrévérencieuses mais elle n'arrive pas à se concentrer. Elle est désemparée. C'est la première fois de sa vie qu'elle ne peut parvenir à la maîtrise d'elle-même. Elle a failli aux règles monastiques, la crainte l'envahit. Elle rallume les lampes qui se sont éteintes... *"Aum Mahasukha Vajra Saha ! Vajra Hum ! Drosu Ratna Saha"* et psalmodiant le long *mantra de Vajrasattva*, elle entre peu à peu en transe.

Sangsang s'éveille au point du jour. L'aube hésite encore. Elle se sent femme. Cela vient tout juste de se produire en elle. Il y eut d'abord le sang. Un lent écoulement à travers son corps, les battements de sa poitrine contre l'étoffe de sa chemise, la mollesse gagnant ses cuisses, le creux de ses reins et son ventre. Ensuite, quand elle s'assit, le frémissement de ses seins contre l'étoffe de sa chemise fit naître en elle, au plus profond de ses entrailles, un plaisir vertigineux. Portant instinctivement ses mains à son petit bassin elle sentit une longue brûlure, des tressaillements dans le pli de l'aine. La féminité, sans crier gare, avait éclos dans sa chair.

... Mais, se dit-elle, tout à l'heure je vais m'offrir en spectacle, entièrement nue... A bout de nerfs, elle se recroqueville sur elle-même, se tenant les épaules des deux mains, elle claque des dents. Dehors, le ciel passe du mauve au bleu... C'est l'aurore.

Plusieurs centaines de lamas ont pris place dans la salle de méditation où scintillent les lampes à beurre dans les fumées d'encens. Au son des trompes, des tambours et des cymbales, Sangsang Dzassi, drapée dans sa *kasaya*, un chapelet rouge autour du cou, gagne le centre des *kadiens*. Là, elle s'assoit en tailleur face au *larang* Tchangtzo. Les mains reposant sur les genoux, la paume tournée vers le haut, elle récite le long *mantra de Vajrasattva*. Mais tout son être est agité, ses mains tremblent. Elle se sent si mal à l'aise qu'elle colle plus étroitement ses pieds contre ses cuisses. Quand les trompes retentissent à nouveau, elle n'est toujours pas plus concentrée. La voilà qui s'affole, en toute hâte elle esquisse un *mantra-dhârani* pour intégrer son *yidam*. Mais sa langue a fourché, il est trop tard. Les yeux écarquillés, elle voit le *larang* Tchangtzo ouvrir sa *kasaya* et s'avancer vers elle. Elle l'implore du regard, terrorisée, tandis qu'il la renverse sur les *kadiens*. Elle se sent écrasée par la douleur entre ses cuisses et le corps pesant qui la couvre. La souffrance la met au bord de l'évanouissement. Le *larang* Tchangtzo vient de mettre en pièces la féminité qui au point du jour a coulé en elle comme un sang neuf.

Diverses sensations se font jour en elle : la sueur qui coule le long de son dos et de son cou ; le bas de son ventre n'est plus douloureux et suit même maintenant avec aisance les contorsions du corps qui la domine. Elle a l'impression d'être en train de tomber dans un trou noir. Des chatouillements qui naissent entre ses cuisses montent en elle de temps en temps. Seule dans ce trou noir, elle retrouve un instant son calme. Elle se souvient soudain : dans l'exercice de la perfection des aspects masculin et féminin du corps, elle doit s'aider de ses souffles, de ses artères et de ses centres vitaux pour atteindre la science qui habite Wangjé et ramener en elle la sagesse et l'habileté qui sont en lui. "Et tout d'abord, activer le souffle de la connaissance." Mais Wangjé redresse Dzassi, il soulève une de ses jambes et la passe autour de ses reins. Il imprime à son corps une suite de secousses qui lui font tout oublier de la roue des artères. Elle sent son corps se flétrir, le *larang* Tchangtzo comme un aimant vide ses os de leur moelle et aspire ses souffles vitaux. Elle s'effondre, et laisse à son corps défendant le *larang* Tchangtzo disposer d'elle à sa guise. Quand Wangjé s'assoit de nouveau dans la position du lotus en plaquant Sangsang contre lui, elle s'accroupit comme Naïratma sur les fresques, et ses jambes, dociles, enlacent les reins de Wangjé. Ses seins, turgescents le matin même, retombent flasques comme ceux d'une vieille femme. La douleur qui la prend au pubis et gagne sa colonne vertébrale depuis son coccyx la fait haleter. Elle écarquille les yeux – le soleil inonde l'intérieur du temple, faisant vibrer les fumées d'encens gris-bleu qui flottent autour d'elle. Au-dessus des volutes bleues, Çakya Ainsi-Venu qui lui adresse un sourire doré. Ecartant son visage du cou répugnant de Wangjé, elle aperçoit Pantchué parmi les crânes chauves qui luisent au soleil. Elle détourne aussitôt la tête et, serrant les mâchoires, enfouit son visage entre les bras de Wangjé.

L'Ultime Aspersion ne prit fin qu'à midi. Quand Sangsang reprit ses esprits, elle se retrouva à quatre pattes, comme un chien, sur les *kadiens*. Elle était parcourue de tremblements, ses seins pendaient, ruisselants de sueur. Elle se souvint de sa mère à l'agonie. Deux nonnes s'approchèrent d'elle pour l'aider à se relever. Elles tenaient une coupe en or où elles puisèrent de l'eau pour laver le sang qui avait séché sur sa peau à l'intérieur de ses cuisses. Dzassi était incapable du moindre geste, elle ne sentait plus ses jambes. Quand elle se releva, les trompes, les chants religieux firent écho à la complainte de la fumée gris-bleu et des clochettes. La coupe qui avait servi à sa toilette fut alors déposée en offrande sur le *mandala*. Le *larang* Tchangtzo revêtu de sa *kasaya* était assis sur les coussins de prière, le visage congestionné. Sangsang avait les cuisses traversées de soubresauts. Elle appelait de tous ses vœux la fin de la cérémonie. Elle savait qu'elle ne maîtrisait plus le *yoga* auquel elle s'exerçait depuis de nombreuses années. Et elle ne s'étonnait plus d'avoir un corps de femme et de ne pouvoir être autre chose qu'une femme.

Sangsang Dzassi mourut deux jours après avoir été plongée dans les eaux glacées. Selon le rituel, elle devait rester en transe pendant trois jours dans la rivière gelée pour enfin s'identifier au Tathagtha. Elle était gardée par trois lamas qui se relayaient à tour de rôle pour casser la glace qui se formait autour de son cou. Mais elle ne put s'absorber dans ces incantations qui font naître le feu et qu'elle connaissait si bien. Le jour allait se lever quand le *sionglaiba* Solang Tzémo, s'éloignant du feu de camp, traversa la glace d'un pas prudent pour venir voir Dzassi. Elle s'était légèrement enfoncée dans l'eau. Ils la remontèrent sur la couche de glace. Elle était transparente de part en part. On distinguait les morsures des poissons sur ses seins et ses genoux, mais nulle trace de sang. On aurait vraiment dit un morceau de glace. Elle avait les yeux entrouverts, comme dans l'exercice yoguique où l'on se nourrit de lumière par les yeux.

Les foules venues à la rencontre du *toulkou* arrivèrent au soleil levant. Les gens avaient mis leurs habits de fête et les chevaux portaient des rubans multicolores. Il importe peu, du point de vue de la religion, que le *toulkou* soit en vie ou soit mort. Mais à la vue de Dzassi les lamas restèrent un long moment éberlués : les rayons du soleil transperçaient son corps transparent étendu sur la glace... tous ses organes étaient clairement visibles... Un poisson, venu là on ne savait comment, nageait dans ses intestins.

Le crâne de Sangsang Dzassi est aujourd'hui entre mes mains. Je l'ai acheté à un homme dont le grand-père, disait-il, avait étudié dans son jeune âge la magie au collège de médecine du monastère de Danba. Le crâne de Dzassi était exposé dans la salle des dieux, comme un objet de culte divin. On l'utilisait lors des cérémonies de l'Ultime Aspersion. Cette calotte crânienne transformée en bol a la couleur du cuivre. L'os est fêlé du côté gauche depuis qu'il est tombé par terre, il y a bien longtemps si l'on en juge par la crasse grasse qui s'y est déposée. La scissure de la voûte du crâne a le zigzag d'un électrocardiogramme, ce qui, selon un médecin de mes amis, est caractéristique du crâne d'une femme avant la puberté. Le bord de ce bol fait d'un crâne humain est serti d'un anneau de cuivre et l'intérieur est recouvert d'une feuille de métal.

Le vendeur m'en demandait cinq cents yuans mais je l'ai obtenu pour cent yuans. Si l'un de vous a des dollars dont il ne sait que faire, nous pouvons peut-être nous entendre, si votre offre me permet de couvrir les frais de ma prochaine expédition dans le Nord-Est...

GLOSSAIRE

Abishekha : mot à mot “fait d’asperger”. Ce terme désigne la cérémonie initiatique dans le rituel bouddhiste.

Bangdien : tablier à rayures multicolores, noué à la taille.

Chevaux du vent : *(lung-ta)* petites bannières des cinq couleurs symbolisant les éléments terre, eau, feu, air et esprit, suspendues en guirlandes ou sur des pieux et disposées sur les toits des maisons, passages de cols, tournants de rivières ou de chemins... Imprimées dans les monastères, on y voit souvent le dessin du cheval chargé des Trois Joyaux du bouddhisme et qui emporte les prières.

Chomo-langma : ou *Jolmo Lungma* (“déesse mère du monde”) le mont Everest, 8 848 mètres.

Chörten : pagode ou stupa, construction qui abrite souvent les cendres d’un saint.

Dakini : “Celle-qui-marche-dans-les airs.” Déesse porteuse de connaissances secrètes qui apparaît au cours de certaines méditations.

Deboudchué : tablier.

Dhârani : équivalent d'un *mantra.*

Dorje : foudre-diamant ou *vajra*, instrument rituel chargé d'une "potentialité masculine", il symbolise le pouvoir divin et les qualités surnaturelles.

Dzaba : assistant moine. Le degré le plus bas dans la hiérarchie monastique.

Guéguoué : titre du moine chargé de l'administration de la justice à l'intérieur de la lamasserie.

Guéshé : moine érudit et versé dans toutes les disciplines et les techniques de l'éveil.

Kadien : petit tapis de laine.

Kandhoma : *dakini* en tibétain, cf. *supra*.

Kasaï : galette frite.

Kasaya : robe jaune des moines.

Khata : bande de tissu blanc, porte-bonheur suspendu au *chörten*, avec les chevaux du vent ou que l'on passe autour du cou de quelqu'un.

Khenpo : abbé.

Larang : maître.

Mandala : représentation graphique, géométrique, du cosmos, utilisée comme support de la méditation.

Manis : supports sur lesquels sont inscrits les *mantras* : pierre, étoffe... Terme emprunté au *mantra* le plus répandu : *Aum Mani Padme Hum.*

Manjenba : médecine tibétaine traditionnelle.

Mantra : formule sonore dont la récitation produit un effet psychique.

Mendong : murs élevés avec des *manis* appelés aussi murs de *mani.*

Oudol : fronde des bergers tibétains.

Poulou : étoffe de feutre dont sont faits les vêtements : *tchouba*, bottes... et, par métonymie, ces vêtements eux-mêmes.

Sédong : baratte utilisée pour la fabrication du beurre ou du *tchang.*

Sionglaiba : titre, directeur des affaires religieuses.

Shisha-pangma : ("crête au-dessus de la plaine herbeuse"), sommet aussi appelé Gosainthan ("demeure de Dieu"), 8 046 mètres.

Tantras : ensemble de textes faisant partie du canon tibétain. L'apprentissage d'un *tantra* s'accompagne d'exercices corporels.

Tchang : bière d'orge.

Tchouba : manteau en peau de mouton chez les pasteurs, en feutre garni de parements de fourrure chez les plus riches.

Thangka : image à thème religieux, peinte ou brodée qui se déroule et se suspend comme une tenture.

Toulkou : chef spirituel d'un monastère, considéré comme la réincarnation d'un maître.

Tsampa : farine d'orge, se consomme d'ordinaire mélangée au thé salé et au beurre de yack.

Yidam : déité tutélaire personnelle. Un maître confère à son disciple un *yidam* différent selon le degré que celui-ci a atteint dans l'initiation. Cette divinité est choisie dans le panthéon bouddhique. La fréquentation de cette divinité permet au disciple d'arriver à sa visualisation.

Yoga : ensemble de pratiques corporelles visant à un effet psychique.

TABLE

Ouvrage réalisé
par les Ateliers graphiques Actes Sud.
Achevé d'imprimer
en mai 1993
par l'Imprimerie Bussière
à Saint-Amand-Montrond
sur papier des
Papeteries de Navarre
pour le compte des éditions
ACTES SUD
Le Méjan
13200 Arles.

N° d'éditeur : 1384
Dépôt légal
1re édition : juin 1993
N° impr. 1402